KB021250

인생은 짧고 기계는 영원하다

인생은 짧고 기계는 영원하다

초판 1쇄 발행 • 2018년 6월 7일

지은이 • 최종천
펴낸이 • 황규관

펴낸곳 • 반걸음
출판등록 • 2018년 3월 6일 제2018-000063호
주소 • 04149 서울시 마포구 대흥로 84-6, 302호
전화 • 02-848-3097
팩스 • 02-848-3094

디자인 • 정하연
인쇄 • 스크린그래픽

ⓒ최종천, 2018
ISBN 979-11-963969-1-6 03810

인생은 짧고
기계는 영원하다

최종천 시집

반걸음

시인의 말

'노동이란 도대체 무엇인가?' 하는 방황에서 한때 나는 무섭게 성경에 빠져들었다. 노동철학 따위를 읽어봐도 찾지 못하던 답이 바로 성경의 창세기에 있었다. 창세기가 매우 논리적으로 진행된다는 것을 알자 이번에는 비트겐슈타인Ludwig Wittgenstein을 읽기 시작했다. 내가 지금까지 이 세계에 대하여 물어왔던 물음에 대한 대답이 이들 저술에 모두 있다는 것을 알자마자 나는 모든 희망을 포기했다.

이번 시집을 통하여 내가 말하고자 하는 바는 이 세계는 노동의 착취를 통하여 사라지게 되어 있다는 것이다. 이유는 신의 창조와 진화와 인간의 노동이 단 하나의 논리에 의하기 때문이다. 그렇다. 신의 논리와 진화와 인간 노동의 논리는 일치한다. 때문에 지금 우리가 겪고 있는 이 세계와 다른 세계가 나타나는 것은 불가능하다. 이 세계는 이러한 논리에 의하여 나타난 세계이다. 그러므로 노동해방은 원천 봉쇄되어 있다. 이러한 논리를 극복하고 노동해방이 가능한 이론이 있는데, 그것은 노동에 온전히 복종하는 것이다. 오로지 노동만을 하는 것이다. 그러나 이것은 비논리적이다. 우리 인간 자신이 곧 논리다. 따라서 노동해방은 원천 봉쇄되어 있는 세계이다. 우리는 아마도 지구의 마지막을 살고 있을 것이다.

이 시집은 아직도 노동해방을 굳게 믿고 있는 노동계급에게 드리는 진혼곡이다.

차례

2부

3부

4부

1부

사물과 사실

바다에 사는 고등어는 사물이고,
잡아 올려 요리를 한 고등어는 사실이다.
고등어를 그대로 둔다면 인간에게
어떠한 사실도 나타나지 않는다.
물고기의 세계에서 사실은 없다.
물고기에게는 인식이 없기 때문.

사물을 사실로 만드는 것은 노동이다.
이 노동에 의하여
세계는 사실들의 총체이지, 사물들의 총체가 아니다.[*]
사물에 대하여 노동은 필연적으로 나타나게 되어 있다.

나는 이러한 가능성을 논리 공간이라 하겠다.
논리 공간 안에 있는 사실이 곧 세계이다.[**]
옛날에 물로 쇠를 자르는 일은 상상만 했지
사실은 아니었다. 지금은 물로 쇠를 자른다.
물을 고속으로 분사하는 논리가 있기에 가능하다.
논리 공간이란 가능성의 총체이다.

* 루드비히 비트겐슈타인, 『논리철학논고』 1-1
** 루드비히 비트겐슈타인, 『논리철학논고』 1-13

사실과 사건

사물을 사실로 하는 노동을 통하여
논리 내에서는 모든 것이 사실로 된다.
노동의 그릇에는 모든 것이 담긴다.
노동의 착취를 통하여 가능한,
노동의 그릇에 넘치는 것이 사건이다.

노동으로부터, 사실과 사건이 갈라져 나온다.
노동은 인간의 개별적인 것이 아니라,
보편적인 것이다.
노동은 진화하고 인간은 진화하지 않는다.
고로 전체가 될 수 있는 것이다.

노동을 통하여 우주탐사선을 만들고
인류는 태양계의 밖을 뒤지고 다닌다.
인간은 전체에 包涵돼 있지만, 包含한다.
앞으로 인간은 태어나지 않고 제작될 것이다.
부분이지만 전체를 포괄하는 것
그런 것은 인간의 정신 외에는 없다.

사건이란, 금기를 범하는 것과 다르지 않을 것이다.

나는 이러한 노동의 진실이 두렵다.

노동의 종말

사람들이 빽빽이 흐르는 지하상가
사내 하나가 무슨 책을 읽으면서 가고 있다.
적혈구가 지나가며 병균을 먹는 것처럼
사내가 가는 곳은 사람들이 퍼진다.
이상한 예감에 끌려
바짝 붙어본다. 순간 아! 그 찌린내,
머리가 어지러울 지경이다.
그런데 들고 있는 책을 사나이는
몽당연필에 침을 묻혀가면서
한 줄 한 줄 까맣게 지우고 있었다.
성서였다.
왜 그러시는 거요?
그는 대답 대신 한 줄을 건너뛰고 있었다.
"이마에 땀을 흘려야 낟알을 먹으리라"
나는 더위를 피해 냉방이 되는
이 지하로 들어와서도 노동을 피해
방황하는 문명처럼 이마에 땀이 흐른다.
인간은 노동으로부터 도망치고 있다.

노동이 닦아놓은 길 위에서.

집

따라서 사적 소유의 지양은, 모든 인간적 감각들과
속성들의 완전한 해방이다. *
따라서 사적 소유의 고집은, 모든 인간적 감각들과
속성들의 완전한 구속이다.

마르크스는 고집을 고쳐서 지양으로 표현했다고 한다.
그는 왜 지양을 고집했을까?
자본주의는 사적 소유를 고집한다.
고집에 반대하는 고집도 고집이요
지향에 대한 지양도 고집이다.
향과 양의 차이는 지붕에 있다.
건물을 다 지어놓고도 지붕이 없으면 집이 아니다.
지붕만으로도 비와 바람을 피할 수가 있다.
집이란 그토록 고질적인 것이다.

집은 소유의 대상이 아니라 사용의 대상이다.
집을 못 가진 사람은 많지만
집을 고집하는 사람은 더 많다.

누구나 자기만의 집을 짓고자 한다.

집을 지으면서 집 속으로 사라져버린다.

그를 찾으려면 집을 태울 것이 아니라 해체해야 한다.

* 카를 마르크스, 『경제학 철학 수고』

재수 없는 손

맞선을 볼 때 여자들은 먼저 손을 본다고 한다.
보고만 마는 손을 이성민은 직접 잡아보았단다.
그것도 여자가 먼저 잡아주더라나.
이성민은 그날을 위해 손에다가,
유한양행 안티푸라민을 바르고,
비닐장갑 위에 고무장갑을 끼고,
일을 했다. 일반상식이라는 책도 읽었다!
그러나 그는 낙방하고 말았다.
손이 워낙에 고와서, 소개한 아주머니께
직장도 없이 노는 사람 아니냐고 묻더라는 것이다.
노동하는 손을 잡아줄 여자 흔치 않다.
부러워서 우리는 출세한 이성민의 손을 만져보았다.
여자의 손처럼 스르르 빠져나갔다.
그리고 나서 2년인가 뒤에
또 놈은 맞선을 보았다.
이번엔 거친 손 때문에 미끄러지고 말았다.
노동을 하는 사람과 결혼하면
즐길 시간이 없다고 했다는 것이다.

지난번의 실패를 되풀이하고 싶지 않아서,

직장이 있다는 믿음을 주고 싶어서,

전과는 반대로 손이 거칠었던 것이다.

우리는 일할 때마저도 놈의 손을 잡아주지 않는다.

놈이 그 재수 없는 손을 들고 나에게 오고 있다.

나는 여자가 아니니, 저 놈의 손을 잡아줘야 되나?

말아야 되나? 모르겠다.

마스크에 보안경에 귀마개에

마스크에 보안경에 귀마개에

무엇이 노동을 익명으로 하여 누명을 씌워두는가?

노동자들의 임금이 지나치게 오른다는 뉴스는 많아도

가진 자들의 사치와 타락이 도를 넘는다는 말은 없다.

미친 짓을 해야

아, 내가 좀 행복하구나 생각하고

미치지 않으면 곧 불행하다고 생각한다.

어느 피곤한 날 문득 오늘만큼은

전화도 안 받고 직장도 안 나가고 넥타이도 풀고

잠이나 푹 자고 싶다고 느낀다. 그것은

개처럼 사는 것이다. 개는 인간보다

건강과 행복, 친절함과 소박함에 있어

한결 우수한 존재다. 개가 부럽다,

개는 누명을 쓰지 않는다.

인간은 개만큼 행복한 존재가 아니다.

노동계급이란, 계급도 직업도 아니다.

개평거리요 안줏거리요 희생양일 뿐이다.

노동계급은 하나의 누명이다.

마스크에 보안경에 안전모와 작업복

이 누명을 벗어버리자.

작업복과 행주

작업복에서 가는 모래가 쏟아지는 때가 있다.
내 살이 본래 모래였다는 듯이
조금만 움직여도 쏟아진다.
작업복으로 만든 행주로
모래를 훔쳐낸다.
나는 모래 인간, 모래로 돌아갈 인간.

"땅 또한 너 때문에 저주를 받으리라. 너는 죽도록
고생해야 먹고살리라.
이마에 땀을 흘려야 낟알을 먹으리라."
어디 땅뿐이냐, 공기도 물도 저주를 받았다.
죽도록 일해도 먹고살기가 어렵다.
내 육신이 돌아갈 땅이 저주를 받았으니
정신은 이미 하늘 가득 떠돌고 있고
육체는 노역을 벗어나지 못한다.
모두가 다 노동 때문이다. 죄가 많은 노동이여
노동의 몸이여 모래로 돌아가라

떡치기

얇은 철판을 때우다가
빵꾸가 나면 메우려고
계속 때우다 보면
구멍은 더 커지고
용접물이 쌓이는 것을
떡치기 한다고 은유한다.
최 형 댁에 경사 났소?
찹쌀떡이요 멥쌀떡이요?
열 말은 되겠네 하는
편잔을 들으면
시장기가 느껴진다.
웃음이 새어 나온다
시장기나 빵꾸나
때우기는 마찬가지다.

ㄹ,

영어로 봄을 스프링이라고 한다.
용수철도 스프링이라고 한다.
봄을 실감하려면 싹이 트는
언덕보다 스프링을 만드는 공장에 가보시라!
끓는 쇳물이 통로를 따라 이동하여
가느다랗고 구불구불한 관을 통과한다.
그 관을 통과하면서 쇳물은 식어 굳어진다.
그리고 쇳물은 이제 새싹이 되어 밖으로 솟아 나오는데
그걸 나물 캐듯이 날이 왔다 갔다 하면서
잘라내는 거야, 이게 스프링이다.
더구나 환장할 일은
어떤 공장에 가면 스프링이 담기는 그릇으로
네모진 박스가 아니라 나물바구니를 사용한다는 사실
이다.
봄엔 물 흐르는 소리가 리을리을리을 하고 조잘거리
는데
몸이 아직 덜 풀렸기 때문이리라.
　ㄹ　ㄹ　ㄹ　ㄹ　ㄹ

나는 ㄹ을 쓸 때 펴놓은 스프링처럼 구부려놓고 그만
둔다.

삶에는 열림과 닫힘이, 탄생과 죽음이 같이한다.

ㄹ, 하고 열어놓은 인생은 언젠가

ㅁ, 하고 닫히는 것이다.

노동의 십자가
— 현악사중주

베토벤이 현악사중주에서
불협화음을 마음껏 끌어들여 즐긴 것은
일종의 놀이이다.
노동을 놀이로 만드는 일은 간단하다.
실수를 하면 되는 것이다.
치수도 각도 다 틀리게
시간과 공간과 희롱하면서
잘못 자른 것은 다시 붙일 수 있고
붙인 것은 다시 자를 수가 있으니
실수는 성공보다 즐기기에 좋은 것이다.
실패란 옳게 된 것이라 할지라도
의도대로 되지 않은 것이다.
예술의 완성은 의도와는 상관이 없다.
이것이 우리가 예술에 몰두하는 이유이다.
노동은 그것이 실수라는 것을 알게 되면
즐길 수가 없게 된다, 그래서
견습공한테 시켜놓고 보면 좋다.
뭐든 실수와 실패를 통하여 배운다.

안다는 것은 이렇게 재미없고 위험하다.

사실, 예술이란 형상을 다루는 것으로

시종일관하는 시행착오이다.

예술은 허구이기 때문에 실수와 실패를 즐길 수 있으나

노동은 질료인 실체를 다루기 때문에

실수와 실패가 용납되지 못한다.

인간이 노동에 몰두하지 못하는 이유이다.

노동의 십자가
─주인과 노예의 변증법

인간이 로봇을 만드는 이유는
노동을 대신하게 하기 위해서이다.
신도 마찬가지로 자신의 노동을 대신하게 하기 위해
인간을 창조한 것이다.
"우리의 형상을 따라 우리의 모양대로 사람을 만들고"
신의 형상이란 창조하는 정신이며 그 모양은 노동하는
질료의 것이다.
노동은 대상에 대한 인식을 형성한다.
대상 인식은 곧 자기의식으로 된다.
자기의식으로 말미암아 인간은
신을 신으로 인식하고 신으로부터 독립하게 된다.

이로부터 나오는 결론은 분명하다.
인간의 로봇 창조도 궁극에 가서는
인간과 같이 자기의식을 가지게 하는 것이다.
자기의식이 있어야 노동을 수행할 수가 있는 것이다.
그렇게 되면 인간이 신을 배척하는 것과 똑같이
로봇은 인간을 배척할 것이다.

지금 인간은 노동을 통하여 신을 지배하고 있다.

똑같은 이치로 로봇이 인간을 지배할 것이다.

헤겔의 주인과 노예의 변증법의 진실이 이것이다.

노동의 십자가
―대상과 메타

몸과 정신의 관계에서
몸을 통하여 정신이 일어나는 사실이 세계이기 때문에
정신이 전체이며 몸이 부분이다.
물질은 본래 있는 것이지만, 그러나
정신은 스스로 표현하지 않으면 비존재로 된다.
정신이 나타나려면 몸을 통해야 한다.

영희는 철수를 사랑한다는 문장은
사랑한다는 표현을 위해 존재한다.
영희와 철수는 바꾸어도 의미가 같지만
사랑하다를 바꾸면 바꾸는 대로 의미가 이동한다.
영희와 철수는 대상이고, '사랑하다'는 메타이다.

인간의 피조물인 문명과 인간의 관계도
인간/부분이고 문명/전체의 관계이다. 고로
인간은 문명의 대상이며 문명은 인간의 메타가 된다
인간은 문명에 종속될 수밖에 없다.
인간도 자신을 대상으로 하여 형상과 모습대로

문명을 창조하고 있는 것이다.

인간이 문명을 위해 존재하고 있는 것이지,
문명이 인간을 위해 존재하고 있는 것이 아니다.

노동의 십자가
—복직 투쟁

임성용 시인이 시를 읽는 걸 보면서
가만 저 친구들과 어울리면 오늘밤
이곳 평택에서 자야 될 것도 같고
아니면 대리운전을 불러야 될 것도 같아
그냥 구경꾼들에 섞여
땅속까지 울리는 임 시인의 목소리를 듣고 있었다.
내 등 바로 뒤에서 누군가가
아주 지당한 말투로 중얼거렸다.
—니미럴, 아니 인생을, 꼭
노동만 해 먹고살라는 법이라도 있어
다른 일도 널렸는데.
그렇다. 노동만 해 먹고살라는 법이라도 있는가?
사실 노동계급은 자본주의의 자식이 아니다.
쓰리꾼, 조폭, 제비족, 사기꾼, 건달,
이들은 자본주의가 낳은 자식으로
사회에서 노동자보다 더 인정받는다.
나도 사실은 복직 투쟁을 왜 하는지 모르겠다.
자본주의는 노동계급이 낳은 자식이다.

자식이 성공하고 출세하기 바란다면

부모는 자식을 이겨서는 안 된다. 말하자면

자식은 부모의 메타, 버전업이 되어야 하는 것이다.

노동의 십자가
—인간 창조

> 우리가 사람을 만들고 그들로 바다의 물고기와 하늘의 새와
>
> 가축과 온 땅과 땅에 기는 모든 것을 다스리게 하자 하시고
>
> —창세기 1장 26절

신은 무엇 때문에 인간을 창조했을까?
하는 것보다 더 근원적인 물음은
인간에게 자신의 창조 노동을 위임했을까, 하는 것이다.
신 자신이 존재가 되어야 했기 때문이다.
노동은 인간에게 인식을 싹트게 하고
그 인식으로 신을 알아보게 된 것이다.
비로소 신이 존재하게 되었다.

노동은 스스로 알아서 하는 것이다.
스스로의 형상에 질료를 가져오는 창조이다.
스스로 알아서 하는 자유의지와 자기의식에는
창조주 신을 배반하고 독립하는 전제가 깔려 있다.

신이 인간의 자유의지를 허락했다고 하는 것은
신을 배반하고 떠나도록 했다는 것을 의미한다.
그것은 노동을 소외시키고 착취하도록 허락한 것이다.

창조주에게는 다른 방법이 없었다.
왜냐하면 일일이 간섭하고 지시하기 싫으니까,
인간을 위해 직접 노동하는 로봇이 되기 싫으니까,
결론은 이렇다. 신 자신이 노동을 해야 했다.
인간은 노동으로부터 탈출해서는 안 된다.

로봇은 그 능력이 인간을 압도하지만, 인간에 의하여
통제 가능해야 한다는 생각은, 로봇을 만드는 인간만
해본 것이 아니다, 신도 인간 창조에서 그런 생각을 했다.

무단 주거

어느 날 나무가 나에게 물었다
당신의 희망이 뭐냐고
희망이란 뭐냐고 다그쳤다
나는, 나라는 빈집 앞을 지나가다가
물이 마시고 싶거나 소변을 누고 싶어
우연히 들어왔을 것이다
아니면 단순히 그저 바람이 찼기 때문에
비가 세차게 내리고 있었기 때문에
그냥 눌러앉게 되었을 것이다
나는 상당한 짐을 지고 다녔다
어쩌면 쉬고 싶었는지 모른다

이번 한 번만은

죽음아 이번 한 번만 봐다오,
내 땀에는 소금기가 아직 있으니
봄이 또 올 것이고 별들은
약속한 장소에서 날 기다릴 것이다!
꽃을 못 본 척하기가 부끄럽다.
나는 살아 있는 것이다.
어젯밤에도 나의 손녀가
식물을 만지듯!
침상의 나를 만져보다가 돌아갔다.
사람들은 경제지표가 낮을수록
식물 가꾸기를 즐긴다.
나의 끈질김은 병든 모든 이에게
위안이 되리라, 그렇다
우리는 무엇보다 죽음에 능숙하다!
나의 젖무덤은 이미 비어 있다.
그렇지만 죽음아! 이번만큼은
나를 못 본 체해다오.
이렇게 땀이 온몸을 적시고 있으니……

2부

일一과, 다多

고대 철학자 중에 헤시오도스인가?
파르메니데스인가? 아니면, 엠페도클레스인가
좌우간에 '스' 자字로 끝나는 이름의 누군가가
역설했다는 일一과 다多를, 책을 읽으면서는
통 이해가 안 갔는데,
일을 하려고 철판 한 장을 내려놓고
절단하면서 생각하니 알겠다.
일一은 이 통째의 한 장이고, 다多는
절단하여 나누어진 조각들이다.

하이페츠가 켜는 냉철한 음색의 바이올린,
그 현 하나는 일一이다. 이제
손가락으로 마디마디를 눌러 짚으면
저마다 다른 음정이 날아오른다.
이게 곧 다多인 것이다.

헤시오도스, 파르메니데스, 엠페도클레스는
'스' 자字의 집합에 속해 있는 일一이다.

그들의 철학이 각기 다르니, 다多인 것이다.

어떤 배운 놈이 이 시를 읽고
어? 이게 아닌데! 할 것이다.
이 멍청한 놈아, 이건 시가 아니냐?

철학은 정확해야 하니, 고립이요 구속이지만
시는 해방이다. 실수와 실패의 연속이요
과정이 있을 뿐, 완성은 없다.

플라톤은 시의 자유로움을 질투했다.
이것이 공화국에서 시인을 추방한 플라톤 자신도
의식하지 못한 본질적인 이유다.

카오스

통째의 철판을 한 장 내주면서
도면을 주지 않고 무엇을 만들라고 하면
당장 혼돈에 빠진다, 그러나 도면을 보면
그 철판의 벌어진 틈이 보인다.

모든 질서는 이 틈새에서 생성된다.
모든 창조는 이 카오스로부터 시작된다.
창세기 1장 2절은 카오스 상태를 말하고 있다.

$E=mc^2$의 E에서 E는 통째의 철판에 해당한다.
그 철판을 도면에 따라 절단하면 그게 바로 mc^2이다.
E는 카오스를 mc^2은 빅뱅을 표현하고 있을 것이다.

철판을 절단하기 위해서는 불빛이 있어야 하니,
하나님이 이르시되 빛이 있으라 하시니 빛이 있었고
창세기 1장의 3절은 빅뱅의 상태를 표현한다.
굳이 말한다면 창세기는
세계가 나타나게 되는 법칙의 기록이다.

빛보다 빠른 것

노동자들이 출근을 하면 공장의 문들을 열어젖히고
맨 먼저 전원을 올려 불을 밝히는 것처럼
신도 맨 먼저 빛을 창조할 수밖에 없었다.

도면대에는 별도의 전구가 빛나고 있다.
돋보기도 있고 계산기도 있다.
돋보기는 작은 글자를 읽기 위해,
계산기는 치수와 함수의 계산을 위해,

노동자는 빛 아래서 도면을 보고 신은 빛 아래에서
형상을 인식한다. —빛은 인식의 빛이기 때문에,
맨 먼저 창조할 수밖에 없었다.
논리에 따르지 않으면 아무것도 이루어지지 않는다.

이 세계는 논리 공간이다.[*]
논리 공간이란, 가능성의 총체를 말한다.
가능성은 노동을 통하여 현실로 된다.
신의 창조가 실은 인간의 노동이다.

* 루드비히 비트겐슈타인, 『논리철학논고』 1-13.

빛의 직진성

용접을 몇십 년이나 한 사람들 중에 아직도
용접을 할 때 전기가 흘러가는 홀더 줄을
감아놓고 용접을 하면
홀더 줄이 빨리 망가진다는 것을 모르는 사람이 더러
있다.

홀더 줄을 감아서 걸어놓고 용접을 해보면
그 무거운 줄이 들먹거리는 것을 볼 수가 있다.
들어가는 것은 전기가 분명한데
용접을 해보면 용접봉 끝에서는 빛만 터지고 있다.

빛이 직진성을 지닌 것은 무엇 때문일까?
빛은 매질이 없이 나아간다.
빛의 매질은 빛 자신이다.
빛은 자기 언급을 하고 있는 것이다.

무엇을 인식한다는 것은 빅뱅이다.
빅뱅은 형상을 품은 에너지의 자기 언급이었던 것이다.

빅뱅

과학에서 말하기를 빅뱅 이론은 아직
확정적이지 않다고 한다. 그러나 확신해도 좋다.
지구상의 수많은 공장에서 무엇인가를 만들려면,
반드시 먼저 통째의 것을
나누어 배분하는 일부터 시작하기 때문이다.

시인이 자신의 머릿속에서 소용돌이치는 생각들의
어느 한 가지를 문득 꺼내 처음 한 행의 시를 쓰는 것과
같다.
사람이 자식을 낳는 일도 제 몸을 나누어 내는 것이요,
사과 씨에서 나무가 나오고 열매가 달리는 것도 빅뱅
이다.

빅뱅은 우주 발생 초기에 있었던
일회적인 사건이 아니라,
지금 현재 창조의 과정에 개입되어 있는 원리가 아닐까?
생산 현장에서 하는 일은 그 창조의 과정을
따를 수밖에는 없는 것이다. 이는 명백하다.

286과 386

하나님이 이르시되 우리의 형상을 따라 우리의 모양대
로 우리가 사람을 만들고*

그와 마찬가지로

286의 형상을 따라 그 모양대로 386을 만들었다.

386이 나오자 286은 버려지고 폐기 처분되고 잊혀졌다.

그런데 인간은 왜 신을 잊어버리지 않고 말하고 있는가.

자신의 형상을 따라 자신의 모양대로는

자신을 대상화했다는 것이리라.

굳이 말하자면 인간은 신의

버전업, 메타이고 신은 대상이다.

세계가 신을 버리고 인간을 사용하고 있는 이유이다.

* 창세기 1장 26절

도면을 읽다

하나님이 이르시되 빛이 있으라 하니 빛이 있었고,[*]
신은 맨 처음에 빛을 창조할 수밖에 없었다.
노동자들이 출근하여 일을 시작할 때
먼저 공장 문을 열고 등을 켜는 것과 같다.
등이 켜져야 도면을 제대로 읽을 수가 있다.
형상을 제대로 인식할 수가 있다.
노동자들이 도면을 읽듯이
창조주도 빛 아래서 자신의 형상을 읽었다.

유감스럽게도 하나님은 딱, 한 번
도면을 잘못 읽은 바가 있는데 그게 바로 인간이다.
그때 하나님은 안경을 끼고 도면을 읽어야 했다.
나는 돋보기로 도면에 기입된
허용 공차의 숫자를 확인한다.
인간을 창조할 때 하나님은, 그림은 제대로 보았으나
숫자를 잘못 읽은 듯하다.
진화론에 따르면
유인원과 인간의 유전자적 차이는 극미하다고 한다.

* 창세기 1장 3절

부분이 전체를 포괄한다

신은 창조주로서 전체이고

인간은 피조물로서 부분이라고 하자.

전지전능한 창조주인 신에게

자신이 들 수 없는 무거운 물건을 만들도록 해보자.

그것을 만들어도 신이 아니요,

만들지 못해도 신이 아니다.

신은 그러한 존재를 창조하여 자신을 부정했다.

인간은 신이 감당할 수 있는 존재가 아니다.

인간은 전 우주를 포괄하고 있다.

진화/창조는 부분이 전체를 포괄하기에 가능한 것이다.

앞 세대에 없던 다른 종이 다음 세대에 나타나는 것부터가

부분이 전체를 포괄하는 것이다.

무한히 진화하는 인간이야말로

전지전능한 존재이다. 인간도 신처럼

자신이 감당 못 할 것을 만들면서
자신을 부정하고 있는 것이리라.
전지전능, 그것은 자신에 대한 부정으로 귀착한다.

E=mc²

2−2의, 2는 대상 −2는 메타

2÷2의, 2는 대상 ÷2는 메타

2+2의, 2는 대상 +2는 메타이다.

2×2의, 2는 대상이면서 메타이다.

2^2은 자기언급/자기를 지시하는 것이다.

그렇다면 아무래도 E=mc² → E²=mc²은

빅뱅을 표현하고 있는 것 같다.

제곱이란 자신에 자신을 곱한다는 것으로

대상과 메타가 동일한 것이다.

에너지가 자기 지시하여 물질과 빛으로 된 것이 빅뱅이다.

전지전능한 신에게 당신이

할 수 없는 것을 하라고 요구해보자.

전지전능은 할 수 없는 것이 없다고 할 것이다.

그렇다면 신의 창조는 그 없는 것을 한 것이 된다.

자기언급은 대상이 따로 없이 자신이 대상이다.

자연이란 스스로 그러함으로 자기 지시를 의미한다.

창조란 대상을 전제로 가능한 것이다, 그러나

이 세계는 대상을 가지지 않고 스스로가 대상이다.

이로써 신의 창조가 증명된 셈이다.

$E^2 = mc^2$.

만들어진 신

신이 세상을 창조했다고 하자,
그 모든 피조물 중에 창조주를 창조주로
인식하는 존재가 없다면,
신을 신으로 알아보는 존재가 없다면,
신은 존재하지 않는 거다.

한 알의 밀알이 썩어야 뿌리를 내고 싹이 트는 것은
신과 인간의 관계에서,
신을 부정하고 자기를 의식함과 다르지 않다.
마침내 꽃이 피어
자신을 밖으로 표현하는 것이다.
데카르트의 Cogito, ergo sum은
신으로부터의 주체를 의미한다.

신에 대한 인식을 통하여
인간이 신을 부정할 때 비로소
신의 인간 창조가 완성되는 것이다.

인간이 신에게 종속되는 것은 창조가 아니다.
그리하여 말해야 하는 것은
인간이 신을 창조한다는 사실이다.

국회의원들이 정적들을 후려칠 때 흔히 하듯이
이런 폭로는 그러니까
아니면, 말고이다.

제곱이란 무엇인가?

자연은 무엇을 반복하는 것일까?
꽃이 진 자리에서 다시 피고
모든 것은 땅에 묻혀 썩어 다시 돌아온다.
한 알의 씨가 수백 개의 낟알이 된다.
자연은 그렇게 자신을 제곱하고 있는 것이다.

사람도 그렇게 자신을 반복할 수가 있다.
노동은 이렇게 인간을 제곱하는 것이어야 한다.
노동으로 자연을 반복할 수 있다면
오직 몸 노동만을 해야 하는 것이다.

그러나 노동은 진화하게 되어 있는 것이다.
기계는 인간을 대상화하여 만든 인간의 메타이다.
대상과 메타의 관계에서 대상은 부분이며
메타가 전체라고 한다.
사실 노동은 기계의 심부름을 하는 것이 전부다.

노동을 하면 할수록 자본은 불어난다.

인간의 노동은 사람이 아닌 자본을 반복하고 있는 것
이다.

자본을 제곱하는 노동이 사람을 제곱할 수는 없다.

대상화─메타의 출현, 이는 진화와 창조에 개입된
어길 수 없는 법칙이다.

세계가 어떻게 있느냐가 신비스러운 것이 아니라,
세계가 있다는 것이 신비스러운 것이다.[*]
그러나 나는 그마저도 신비롭지가 않다.
이 세계가 어떻게 사라질 것인지를 알기에.

---

* 루드비히 비트겐슈타인, 『논리철학논고』 6-44.

용접바가지

신을 만나기 위해 예수라는 반투명의 존재가 있듯

눈으로 태양을 보고자 한다면 반투명의 유리가 필요

하다.

용접의 최고 온도는 5000도로서 태양의 온도와 큰 차

이가 없다.

나는 가끔 용접을 하다가 말고

바가지를 쓰고 하늘의 태양을 보곤 한다.

용접을 맨눈으로 보았다가는 눈이 멀어버린다.

신을 예수를 통하여 만나야 하는 이유가 바로 그것

이다.

이 반투명의 유리는 그러니까

머나먼 형이상학적 시간과 공간인 셈이다.

그 원리는 십자가와 같은 것

존재가 존재를 건너가 존재를 만난다.

물인가 하면 불이고

불인가 하면 물인 용접

물이 불을 건너가고 불이 물을 건너간다.

그 뜨거운 심연을 나는 나의 얼굴을 가리고 본다.

노동계급은 예수의 십자가를 지고 있는 것이다.

기계는 영원하다

나는 인간이 아니라 가축이다.
나는 자본가들의 영양이 풍부한 횟감이며
안줏거리이다. 임금賃金으로 사육되는 인간은,
가축 다음으로 출현한 기계, 노예보다 더
극적인 기계, 기계다운 기계는 선반, 밀링, 드릴,
나는 그들과 함께 사육된다.
나는 화장장으로 가고
선반, 밀링, 드릴은 용광로로 간다.
나는 연기를 통하여 소모되리라.
기계는 연기를 통하여 환생할 것이다.
모든 인간은 사육되고 있다.
기계의 호흡은 매연을 만든다.
기계의 영혼을 마시는 자여
인생은 짧고 기계는 영원하다.

3부

Manganism

휴머니즘과 리얼리즘을 우리는 통과했다.
이제 인류는 망가니즘을 경험하게 될 것이다.
적어도 망간주의는 진리에 중독되는 것보다
희망에 기만당하는 것보다는 좋을 것이다.
알콜에 중독당하는 것보다 훌륭하다.
CO_2용접 와이어에 다량 함유된 망간이
녹으면서 내 호흡을 타고 들어온다.
내 살 속의 탄소와 철분과 섞인다.
그렇게 내 몸의 인장강도를 높인다고 한다.
강철은 어떻게 단련되는가?
난 가정을 위해
잔업도 철야도 특근도 마다하지 않는다.
나의 두뇌는 서서히 망간에 설득당한다.
나는 망가니스트이다.
나는 망가니즘을 선언한다.
나의 살이 고무처럼 단단해지며
나의 살은 썩지 않는다. *
자본이 승리하는 곳마다

나는 찬양될 것이다.

수많은 망가니스트가 탄생하리라!

인류의 미래는 망간주의이다.

* 망간중독 : CO_2용접을 닫힌 공간에서 오래 하게 되면 걸리는 병으로 뇌신
경이 마비되고 인간의 살이 고무처럼 되어 죽어도 부패가 느리게 진행된다.
한국에서는 2회 정도 보고되었다.

넥타이

넥타이란 회사에 모가지를 매다는 끈이다.

그가 출근할 때 넥타이를 매는 걸 보라.

그 방법은 밧줄로 물건을 동여매는 것과 같다.

자살할 때 혹은 사형에 처할 때

끈을 홀치는 방법과 놀랍게 똑같다.

회사에서 모가지가 빠져나가지 않도록

홀쳐매는데도 자신도 모르게 빠져나오는 모가지를

원망하는 사람들이 늘어간다, 하지만

모가지가 빠져나오지 않았다면 그는

사형에 처해지거나 자살을 했을 거다.

긍지와 자부심으로 넥타이를 매고 출근하는

참 가엾은 사람들아 지구는 더워지고 있다.

당신의 그 긍지와 자부심은 자본주의의 밑천이다.

긍지와 자부심도, 넥타이도 다 풀어버려라.

시원하게, 에너지 절약과 지구 환경을 위해

회사에 목매달고 살지 마라!

쇠갈고리에 걸린 도살장의 고깃덩어리를 보라. 넥타이는

넥타이가 아니라 모가지에다가 얽어매는 그 무엇이다.

과일들

감 하나를 따려고 막 손을 뻗치는 참입니다.
따지도 않았는데 손에는 중량이 맺힙니다.
어젯밤이나 다른 때에
이 골목에서 부끄러운 일이라도 있었던 듯
과일들은 얼굴 가득히 부끄러움을 켜고 있고
그 빛이 반사하여,
내 얼굴이 어느 만큼은 환해집니다.
과일을 따는 일은 그만두고
내 얼굴에 열린 욕심을 따 내립니다.
과일이 많이 열릴수록
골목이 환해지는 것을 보면
어두운 골목길을 걸을 때,
우리들이 켜는 손전등도
실은 부끄러움을 켜는지 모릅니다.
잘 익은 과일 하나를 안고 걸으며
자존심 강한 나의 심지에
불을 당겨봅니다.

민들레역

난 놀고 있는 꼬마들을 보면 차를 멈추는 버릇이 있지만
차에서 내리지는 않는다.

민들레가 딱 한 송이만 피는 곳에선
민들레를 보기 위해 차에서 내려야 한다
그곳이 민들레역이다.

색맹은 대번에 민들레와 병아리를 구별하지만
색맹이 아닌 사람은 간혹 혼동할 때가 있다.

민들레역은 역시나
쩔레역 다음에 있는 것보다
간이역이나 사평역 다음에 있는 것이 좋을 것이다.

민들레라는 쉼표 하나가
디딤돌처럼 놓여 있다.
디딤돌은 걸림돌이다.
나비 한 마리 민들레에 걸려서 쉬고 있다.

교보문고에서

1982년 여름이었던가?
탐구당 문고 64번 T. S. 엘리엇의 시집을
몰래 가지고 나오다가 들킨 적이 있다.

끌려간 방에서 호주머니에 든 것들을 다 털어보니
나오는 것이 토큰 달랑 두 개라
나를 이끌고 간 사람이 말했다.
책은 가져가시고 다음에 오시거든 책값을 내시오.

보름쯤 지나서 나는 돈을 가지고 교보문고에 갔다.
매장 직원에게 그런 말을 했더니
자기도 그런 일을 어떻게 처리하는지 모른단다.
아니, 그런 거 담당하는 분이 없습니까?
감시하는 분은 있는데 그런 분은 없단다.

책값은 3500원
독서인을 섬기는 방법의 하나일 수도 있고
글쎄 먹는 것을 훔치는 것은 분명 도둑질이 아니겠으나,

책이라……? 책이야말로 일용할 양식이니,

빵으로만 살아서는 안 되는 것이다.

그렇다. 책을 훔치는 것도 먹는 것을 훔치는 것과 비슷

하여

도둑이라고 하기엔 2%가 부족하다.

아테네 학당

그 시대의 악동들을 그린 아테네 학당에는
덩치가 비교적 큰 두 사람이 있다.
손가락으로 하늘을 가리키는 이가 플라톤
손바닥으로 땅을 가리키는 이가 아리스토텔레스라고
한다.
『티마이오스』를 들고 있는 플라톤을 포함하여
그 시대의 철학은 철학이기보다 우주론이었다고 한다.

그들에게 진리는 우주로부터 인간에게 온다.
데카르트는 신을 믿는다고 하면서도 나는 생각한다,
고로
나는 존재한다고 선언했다.
진리는 인간에게서 나온다는 것이다.
진리의 근원은 더 이상 객체가 아니라 주체이다.
존재가 사유의 기준이 아니라 사유가 존재의 기준이다.
진리의 주체는 신이 아니라 인간이다.

플라톤까지의 사람들은 진리를 탐구한 것이 아니다.

그들 자신부터가 자연이었던 것이다.

데카르트의 코기토는 신학과 철학의, 고대와 현대의 분기점이다.

아테네 학당에는 유클리드도 있고 피타고라스도 있다.

데카르트가 앉아 있다가 쫓겨난 자리를

흔적이라도 그려야 그림은 완성될 것이다.

노구를 이끌고

노인은 이곳 공원에 있는 증기기관차를 보며 생각한다.

기차가 증기를 내뿜으며 달리는 곁에서

노인도 심호흡을 하며 짐을 날랐다.

그의 집에서 그는 가보다.

그는 기차를 보며 중얼거린다.

"고철 장에다 버리지 않고

돈을 들여서 관리를 하다니"

그는 연금으로 관리되고 있다.

그는 보약과 약물로 수명을 연장하면서

때로는 죽고 싶다고 느낀다.

그의 죽음은 그러니까

중앙에 저당 잡혀 있는 것이다.

노인은 일주일 전에 개를 잡아 보신을 했다.

관리비 예산이 적자라면 중앙도 보신을 해야 하리라.

노인은 중앙을 한심스럽게 생각한다.

기차를 녹여서 다른 것을 만들지 않는다는 것이다.

그러나 사실에 있어서

노인이란 고철만큼은 재활용이 불가능하다.

기차처럼 쉬지도 못하고 그는

노구를 이끌어가며 사라지고 있다.

이게, 시다

우리 오야지가 돌지 않는다고 버린 선풍기를
도장 반장이 이거 버리는 거야?
확답을 받고는, 멀쩡! 하게 고쳐놓았다.
그걸 본 재봉이가 덥다며
아까 버린다는 말은 잘못한 말이니 돌려달라고 해봐
요 좀
하니, 쪼르르 가더니만 그대로 말을 했겠다, 웃으면서
아니 버릴 때는 언제고 고쳐놓으니까 돌려달라! 고?
언성이 높아가는 걸 지켜보다가
말을 약간 엉뚱하게 해야 될 것 같아서
내가 나섰다. 하! 그 참, 긍께로 형님 걍 달라는 게 아
니라,
사글세도 좋고 전세도 좋고, 좀 빌려달라는 거지
키가 작은 도장 반장이 나를 한참 올려 보더니만
머리를 공장 바닥에 처박고는 자지러지게 웃다가
날 다시 보고는, 주위 사람들을 둘러보면서
아! 역시 달라, 그치
아니, 말 한마디로 천 냥 빚을 갚는다고

형님, 시인이라더니 말 나오는 게 벌써 다르네,
뭐 사글세로 빌려달라! 하, 이거 참
아니, 이렇게 나와야지, 뭐, 그냥 달라고?
내 당신 봐서는 안 주는데 최 형 때매 준다, 좋아
가지고 가!

내가 시집을 냈다고 도장 반장한테 말을 한 것 같은데
시집을 달라고 안 하는 걸 보면 그는
시가 쓰레기라는 사실을 아는 모양이다.
사글세를 인정하는 걸 보면 그렇다.

그런데 시인들이여
내가 말한 전세나 사글세는 은유인가? 메타포?
빌어먹을! 전세는 그냥 전세 사글세는 사글세일 뿐이다.
이게 통째로 다 시다.

참새 발에 밟힌 흙이

참새 발에 밟힌 흙이 일어서고 눕는다.
몸을 뒤척이며 잠꼬대를 한다.
참새 발에 밟힌 흙이
잠을 자다 깨다 한다.
참새 똥으로 목욕을 하고
벌레와 같이 잠잔다.
새똥 속의 씨앗이 눈을 뜬다.
보도블록 사이 대문을 반쯤 열고
떡잎이 세상을 내다보며 부른다.
"영희야 노올—자"
참새 발에 밟힌 흙을 맨발로 밟는다.

나선

에커만 : 인간의 사상과 행위는 원을 그리면서 회전함으로써 그 자체를

되풀이하는 것 같습니다.

괴테 : 아닙니다. 그것은 원이 아니라 나선입니다.*

나선? 선을 원통에 감되, 질서 있게 감으면 나선이 된다.

한곳에 모아 감으면 나선이 되지 않는다.

나선으로 감으면 질서가 생기는 것이다.

나선은 엉키지 않는 선이다.

이것이 DNA가 나선을 하고 있는 이유이다.

돼지 자지가 나선 비슷하던가?

생각건대, 그 명중률로 보아

모든 생식기에는 나선이 감아져 있지 않을까?

볼트는 인간의 생식기를 대신한다.

인간 대신 볼트가 낳아놓은 사물들이

인간에게 묻고 있다.

볼트가 빠져나간 구멍이

인간의 미래를 열어놓고 있다.

* 요한 페터 에커만, 『괴테와의 대화』

바늘구멍

낙타는 능히 바늘구멍을 통과할 것이다.
천국은 우주선을 타야만 가는 곳이다.
그러므로 지구를 탈출하라
저기 저 하늘에 우주선이 들락거리는
바늘귀가 보이지 않는가!
낙타는 은밀하게 우주선의 환유이다.
기독교와 국가가 일치된 미국의 경우
회사에서의 최고경영자와 일반노동자의
임금비比는 무려 475:1이다, 이것은
영국 24:1 프랑스 15:1 스웨덴 13:1과 비교하여*
지구와 노동에 대한 환상적인 착취가 이루어지는 것이다.
착취하여 부를 축적한 자들은 우주선을 타고
부글부글 끓기 직전의 지구를 탈출할 수 있다.
지구를 탈출하여 천국에 들어가는 것이다.

* 샘 해리스, 『기독교 국가에 보내는 편지』

등을 긁다

긁기 제일 좋은 것이 얼굴이다.

벽이야 고양이가 내 대신 긁어줄 것이고

개는 유감없이 전봇대를 알아보고 오줌을 갈길 것이다.

나에겐 그들처럼 본능이 없으니 글쎄 등이 가려울 땐 어떡한다?

그때를 위해 다행히도 시집이 있다. 시집은 얇아서

둥글게 말기가 좋다 둥글게 말아서 가려운 등을 긁기 그만인 것이다.

시집은 왜 그렇게나 얇을까? 시집을 주머니에 넣고

이 도시를 방황하자. 다니면서 등이 가려울 땐 가차 없이

도시의 등을 긁어줄 일이다. 도시의 면상을 긁어줄 일이다.

시를 읽고 나서 우수에 잠기는 것은

시인의 음험한 전략에 말려드는 것이 된다.

시는 모두 허구이다, 웃기는 것은 상당수의 시인들이

시를 실제로, 실재로 알고 있다는 사실이다.

시를 가장 잘 쓰는 것은 시집을 둥글게 말아서

가려운 등을 긁어주는 것이다.

그거야말로 실재의 시이다.

주머니에 가방에 가볍게 시집을 넣고 다니며

시를 읽자. 가려움을 긁어주자

얼굴이 가렵냐? 왜 인상을 쓰고 그래?

그 얼굴도 시집을 말아서 긁어보라

가려움이 이렇게 시를 원한다, 시원하다.

겨우살이

겨우살이를 긁어내려서 씻어 말려두었다가 삶아 그 물을 먹으면 몸에 두루 좋다고 한다. 열매에 대해서는 그냥 예쁘다고만 해두겠다. 날아가는 새똥에 섞여 내렸다가 다른 나무에 겨우겨우 기생하여 살아가는 나무라고 한다. 다른 잎이 다 진 겨울에 새파랗게 잎을 피우는, 겨울에 항거하는 봄이다. 겨우살이는 겨우 살아 가난하다. 보라! 저토록 조촐한 것이 인간의 생활인데, 불황이 나는 반갑다. 고맙다. 이 겨울을 겨우겨우 최소한으로 버티고 있다. 이 불황을 최소한으로, 버티어볼 일이다. 겨우살이는 기생목이긴 하나 스스로 광합성을 한다. 우리도 저처럼 광합성을 할 수는 없는가, 이 지상에 아직 평화가 있는가? 사랑이 있는가? 그렇다면 겨우겨우 사는 사람들, 조촐한 사람들이 만들어내는 것이다. 그들이 광합성을 하고 있다. 인간은 그들을 겨우살이 삶아 마시듯 먹고 있다. 겨우살이는 항암과 이뇨 작용에 탁월하다. 가난도 그렇다. 겨우살이는 겨울이 없다.

나사 5

나사여
나의 붙이여
쇠붙이가, 붙이다
을, 붙이니
에, 붙여서
를, 붙이는
살붙이
피붙이 네 속에는
혈관이 흐른다.

수술로 혈관을 붙이고
수술로 살을 붙이고
수명에 수명을 붙인다
시간에 시간을 붙이는 것이다

너는 시간도 용접한다
나사여
지혜의 성기여

한 알의 썩은 사과가

사과 상자 속의 수많은 사과 중에

주체는 누구일까?

그것은 썩은 사과이다.

썩은 사과만이 선택되어 버려진다.

썩는 사과는 자기를 주장하는 것이다.

썩는 사과는 자기의식이 싹텄기 때문에 썩는 것이다.

인간에게 먹히지 않고 그만 홀로 버려져서

대지에 뿌리를 내리고 다시 사과로 탄생한다.

한 알의 썩은 사과가

다른 사과들을 사과로 만든다.

정신은 스스로 드러내는 한에서만 존재한다.

사과가 썩는 것은 자신을 인식하는 행위이다.

사과의 씨로부터 사과나무가 나온다.

이 또한 빅뱅인 것이다.

4부

지게

바람에 펄럭이는 헝겊에
무게를 걸면 뼈대가 서듯이
허기와 피로에 젖은
몸을 일으켜 지게를 건다.
휘청거리는 탄력은
그의 몸에 실리는 무게를 흡수하며
곧게 자란다.
네모난 방을 벗어던져 버리고
그는 물오르는 나뭇가지처럼
기지개를 켠다.
지게가 없으면
그는 누워서 지낸다.
지게는 지게꾼들의 뼈다.

눈동자

기계를 뜯다 보면 나도 모르게
베어링을 해체하여 그리스 기름을 닦아내곤 한다.
기름 속에는 박혀 있는
빛나는 베어링의 눈동자가 보고 싶어서다.
베어링은 눈동자를 잘 굴린다.
사람의 눈도 잘 굴리면 시력이 좋아지듯이
베어링의 눈동자는 빛난다.
그리운 눈동자는 밤하늘에 있고
사랑하는 눈동자는 기름 속에 있다.
눈알을 뒤룩뒤룩 굴리며 돌아가는 베어링처럼
눈동자를 굴리며 살고 싶다.

뱀의 혀

이제야 알겠다. 이브를 유혹하여 금단의 열매를 따 먹게 한

뱀의 힘이 어디에 있는지를

뱀의 독은 침이라고 한다.

그 독한 침이 삼킨 것을 통째로

녹인다고 한다, 그렇다면

뱀의 말에는 거짓이 없을 것이다.

너희는 결코 죽지 아니하리라,

너희가 그것을 따 먹는 날에는 너희의 눈이 밝아

하나님과 같이 선악을 알게 되리라,

그리고 인간은 그렇게 되었다.

그러므로 우리는

흙에서 난 몸이니 흙으로 돌아가리라고 한

그 흙을 전신으로 기어다니는 뱀의 말에 귀를 기울이자.

하나님을 빙자하여

가난한 노동자를 착취하는 종교 따위는 믿을 게 못 된다.

우리는 뱀의 직능을 이어받아 땅을 갈아엎고

땅에 거름이 되는 땀을 흘린다.

뱀은 거룩한 사제였는지도 모른다.

뱀의 언어는 간교한 것이 아니라 진실하다.

오늘날에는 시인 외엔 아무도

진실을 말하지 않는다, 시인들은

뱀의 혀를 대신한다.

나무를 위하여

나의 목적은 한 그루의 나무라고 한다면
당신들은 나를 돌았다고 할 것이다.
그러나 당신의 목적인 행복과 희망에는
그림자가 없다, 그토록 흔해 빠진 사랑에도
그림자가 없다, 우리들의 목적은 한결같이
왜 추상명사인가?
마음은 마음을 쓰는 것이다.
사랑은 사랑을 하는 것이다, 사랑을
해보아야 그것이 증오가 될지 미친 짓이 될지를 알게
된다.
행복이 모든 인간의 의무라고 한다면
이에 동의하지 않을 것이다, 당신에게는 의무가 있다.
행복할 권리를 한 그루의 나무는 인정하지 않는다.
당신이 마시는 물이나 공기에게 물어보라
당신의 행복할 권리에 대하여 혹은 불행할 권리에 대
하여
우리에겐 사랑하고 행복할 의무가 있다.
우리의 목적은 목적이 될 수가 없다.

그것은 수단과 방법에 머문다.

인간은 본래적으로 하나의 과정이다.

인간은 그 자신의 사랑과 행복으로

다른 무엇을 해야 한다.

나의 목적은 한 그루의 나무다.

시계

끝없는 방황을 고정한 것이 시계다.
방황을 못에다 매달면 회전이 생긴다.
저 수많은 별들이 방황의 흔적임을
달에 고이는 눈빛으로 알 수 있다.
직관이 명멸하는 순간의 광선을 포착한 필름을
나는 가지고 있다.
존재의 우수라고나 할 이것은
관계의 자전과 공전을, 돌지 않는 그 중심에
나를 동여맨 것은 무엇인가?
우주의 유일한 실업失業의 개체인
인간의 역사가 그것을 증명한다.
돌고 도는 시계는
쾌락을 즐기기 외에는
목적을 발견하지 못한
인간의 역사를 고발하고 있다.
인간에게는 과거도 현재도 없다.
헌것도 없다 오로지
새로운 것과 미래만이 가능하다.

신은 시간을 만들고

인간은 시간을 고갈시킨다.

야리끼리 스타

야리끼리라고 하는 게 있다.
우리 철공쟁이들 사이에서 야리끼리는
역시나 전설인지 미신인지 신화인지
아니면 유언비어인지, 좌우지간
일본이 한국을 망치기 위해 일제 때에
우리에게 버릇 들여놓았다는
시간까지 혹은 덩어리로
맡아서 하는 노동을 말한다.
겨우 30분이나 한 시간을 앞당겨 퇴근하려고
잔업까지 해야 할 일을 죽어라고 한다.
그러고선 히죽히죽 웃으며 회사를 나선다.

이 전설이 최근에는 우리 철공쟁이들에 의해 변주되는데
일본이 한국인에게 야리끼리를 못 주는 이유가
일하다가 죽어버릴까 봐서란다.
다른 업종보다 우리 철공쟁이들이
일본을 민감하게 의식하는 이유가 있다.
한국의 모든 중공업은 일본의 일을 하청받아

하면서 기술을 축적한 것이다.

야리끼리는 지금 한국의 기업에서
보편적인 현상, 하나의 풍토병이 되어가고 있다.
내가 지금 일하고 있는 기업은 국기를 달고
전 세계로 항공기를 운항하는 대기업이다.
이 중공업의 노동자 수는 1700여 명을 웃돌지만
직영 정규직 숫자는 불과 200여 명 정도이다.
나머지는 무려 50여 개의 중소기업으로 쪼개어
하청을 주고 있다.

버릇이란 역사보다 더 오래가는 것이다.
버릇이 삶을 결정하고 버릇이 문화를 만든다.
대한민국은 일본이 가르쳐준 버릇 그대로
야리끼리 문화의 국가이다. 다시 말하자면
대한민국은 야리끼리를 전설이나 미신으로
놓아두지 않고 종교로 만들어버린 것이다.
대한민국은 아직까지 독립국이 아니다.

얼굴 없는 시계

시계의 표정은 매우 단순한 것입니다.

그런데 최근에 시계를 연상시키는 표시가 나왔습니다.

재활용품 표시가 바로 그것인데,

어찌 보면 그것은 무슨 종교의 상징 같기도 합니다.

우리말로 하자면 '아직'이라고 쓰인

나는 최근에 얼굴 없는 시계를 고철장에서 샀습니다.

그리고 그걸 고쳤습니다.

얼굴이 있는 시계와 나란히 돌아갑니다.

얼굴이 있는 시계는 단순히 시간을 가리키지만

얼굴 없는 시계는 모든 것을 말합니다.

다만 째깍거리는 소리 한 가지로

존재하는 모든 것이 다 '아직'이라고 가르칩니다.

벌써 당신은 행복하신가?고 묻습니다.

오늘은 낯선 개가 찾아와

우리 공장은 들판 가운데 있다.

오늘은 낯선 개 한 마리가 찾아와

짖어대면서 아는 체를 했다.

사람들은 모르는 개라며 잡아먹자고 소곤거렸으나

나는 돌팔매질로 놈을 멀리 쫓아버렸다.

밥그릇을 맑게 비우는 공손함에 있어서나

건강함에 있어서도

생을 즐기는 것에 있어서도

개만 못한 인간이 개를 먹는다는 것이

나는 납득이 되지 않는 것이다.

사실 인간이 가장 많이 잡아먹는 것은 인간이다.

인간은 생태계의 최상위 포식자이기 때문이다.

나는 개가 마지막 포식자가 되어야 한다고 믿는다.

美를 위하여

오늘 뉴스에 맨손으로 벽을 타고 올라가 고층아파트만 털어온

일당이 붙잡혔다고 한다. 부디 그들을 석방하기를

美의 이름으로 건의한다. 그들에게 도둑질은

아주 부차적인 것이다. 해도 그만 안 해도 그만이다.

그들의 주목적은 고층을 맨손으로 오르기

기어올라가서 고관대작들의 넥타이를 풀어주기

풀다가 안 되면 잡고 늘어지거나 내려오기

맨손이란 백수라는 것이고 어느 누구와도

악수를 할 준비가 되어 있다는 것이다.

심지어는 배관 파이프와도 악수를 한다.

맨손으로 고층아파트를 올랐다는 성취감!

그 상승과 비약의 미학을

엘리베이터에 실려 가는 비곗덩어리들은 모른다.

맨손으로 오른 고층에서 악수할 손이 없기에

그들은 다이아 반지와 목걸이와 악수를 할 뿐이다.

도둑질은 이렇게 예술이 되고 미적 성취가 된다.

법치주의는 미학을 모르는 무식한이다.

그가 상승과 비약의 미학을 도둑질에 접목시킨 것은
우리가 먼저 악수를 청하지 않았기 때문이다.
그러므로 벽 타기 도둑은 용서되어야 하는 것이다.

빔 나무

도착하자마자 작업복도 갈아입지 않고
박 씨가 함마를 들고 어제 세워놓은
H빔 기둥의 종아리를 후려치고 있다.
밤새 얹혀 있을 이슬을 털고 있는 것이다.
"야, 오늘 빔 탈 사람 누구누구야?"
"그 사람들 열한 시 되면 빔 타라고 해!"
빔을 후려치면 후들거리는 빔에 앉은 이슬이
수로를 만들며 흘러내린다.
빔이 후들거리며 공기를 흔든다.
조금 지나면 자신들끼리 공명하여
치지 않은 것까지 모두 함께 흔들린다.
흔들리면서 공기를 진동시킨다.
열한 시쯤이면 빛이 따가울 것이다.
벌어질 만큼 벌어진 밤송이가 알을 뱉어내고
하늘이 총총히 높아진다.
이제 밤나무에 오르는 기분으로
H빔을 올라도 될 것이다.

망가진 볼트를 추모하는 시

여기 10개의 단어가 있다고 하자. 이 10개의 단어가
어떤 명제를 결정할 것이냐는 전적으로 그 배열에 의한다.
단어의 배열에 따라 다른 명제로 되거나
명제가 안 되기도 할 것이다. 이로부터 우리는 다음처럼
단언할 수 있다.
여기 사람과 원숭이와 개가 있다고 하자.
이 각기 다른 존재들은 그러나 그 구성 성분에 있어서는
동일할 것이다.
그 동일한 성분이 DNA 나선상에 어떤 순서로 배열되어
있는가
에 따라 사람, 원숭이, 개로 될 것이다.

그러므로 우리는 시를 쓸 때
주제나 관념 즉, 형상을 고집할 필요가 없게 된다.
그것을 잘하기만 하면 되는 것이다.
원숭이, 침팬지, 개, 고릴라 등등
이 동물들이 인간의 창조를 목적으로 하는
과정에서 나타난 실패작들이 아니기 때문이다.

〉

그러니까 내가 하고 싶은 말은 이런 것이다.

신은 인간을 위하여 모든 존재들을 창조했다고 하는 것은

절반 그 이상의 거짓이거나 사기이거나 기만이다.

신은 창조에 있어 굳이 인간을 고집한 것이 아니다.

인간은 자신의 형상에 따라 신을 창조했다고 할 수 있지만,

신이 자신의 형상에 따라 인간을 창조했다고 하는 경우에는,

조건이 달라붙는다.

그 조건이란 이 시를 쓴 바로 나다.

이미 오래전에 공장에서 기계를 조립하다가

나선이 망가진 볼트가 있어 던져버렸다.

신은 그 볼트에 맞아 죽어버렸다.

엉터리생고깃집

바로 엊그제 실천문학 송년회 때
하도 시끄러워 밖으로 나왔더니
백무산 선배가 우두커니 서 있다.
왜 나왔어? 엉터리생고기?
제목 참 절묘하네 정말,
시끄러워서 견딜 수가 있어야지,
우히히히히히히히히— 그러면 그렇지!
철공장 소리보다 더 시끄럽네 정말,
나는 거, 귀신같이 웃네?

철공장 소음에는 계통이 있다.
소리가 모두 하는 일에 따라 다르다.
그 다른 소리가 모두 분별 가능하다.

뒤엉켜 있는 것은 조용한 것도 시끄럽다.
모두들 석쇠에 구워지는 고기를 자르고
지지고 볶아 먹으며 말을 팽개치는,
그러면 이 공장은 무얼 하는 공장일까?

지지고 볶는 소리. 자르는 소리뿐이라면
시끄럽지 않을 것이다. 그건 철공장 소리니까.
여기는 막 문을 연 말을 만드는 공장이다.
말을 말없이 만들지 못하는 사람들이 모였다.
말을 만드는 공장을 차리기는 이렇게 쉽다.
허가도 신고도 없이 지지고 볶으면 된다.
여기는 공장이 아니고 철공장 비슷한
엉터리생고깃집이다.

오늘의 詩法

시를 쓰는 데 있어서는
무엇을, 의 문제가 아니라
어떻게, 의 문제라고 한다.
무엇이란 사람마다 가지고 있는 것.
그걸 어떻게 표현하느냐의 문제라는 것이다.
그러나 생각건대 그 어떻게는 어디까지나
무엇을 위한 어떻게이어야 할 것이다.
무엇을 말하고 있는지 도무지 알 수 없는 시를 읽으면
기독교가 말하는
신의 창조에는 목적이 있다는 것이 생각난다.

모든 창조는 혼돈의 카오스로부터 시작된다.
"땅이 혼돈하고 공허하며 흑암이 깊음 위에 있고 하나
님의 영은 수면 위에 운행하시니라"*
이 카오스가 갈라지며 빅뱅이 시작된다.
"하나님이 이르시되 빛이 있으라 하시니 빛이 있었고"**
시인이 무언가 첫 언어를 말하게 되면 그게 빅뱅이다.

하나님은 왜 빛을 먼저 창조해야 했던가?

노동자들도 출근하여 먼저 공장의 문을 열고 전원부터 올린다.

도면을 읽어야 하기 때문이다.

그 빛은 형상을 인식하는 인식의 빛이다.

시가 되지 않는 시는 카오스 상태이다.

아무것도 인식되지 않은 것이다.

* 창세기 1장 2절
** 창세기 1장 3절

나를 먹어 다오

날벌레들아 들어라 그리고 땅속을 기는
숱한 미생물들아 들어다오!
벌써 오래전에 나의 친족들이
내가 죽으면 묻을 무덤을 마련해놓았단다.
나를 관 속에 가두어놓으려고,
물론 슬픔도 나의 친족이긴 하지만
이건 슬픈 것만은 아니란다.
인간들은 모른다, 자신이
무엇보다 죽음에 능숙하다는 것을
보아라 인간이, 죽음 외에
완성해놓은 것이 무엇이냐!
날벌레들아 그리고 두더지 지렁이들아
너희는 나의 주식을 사야 한다.
나에게 살게 한 것은 너희들이니
나를 나누어 먹으라!
나를 너희들의 식탁에 올려놓고
제발! 서로 먹겠다고 다투지는 말아라!
그건 인간이나 하는 짓, 인간이나 하는 짓.

나를 포식하라 살아 있는 동안의 나는
온갖 허구와 관념의, 헛것들의 먹이였다.
그들이 먹고 남은 나를
비로소 참된 존재! 너희들이 먹어다오
그러면 이 대지가 온 흙이
나의 죽음에 응답하리라!
나를 되돌려주어라, 이 세계에
비록 인간이 죽음에만 능숙한 존재일지라도
어쩌면 아닐 것이다, 인간은 스스로를
소모하고 낭비하여 너희들에게 주기 위한 것이다.

춤을 추다

건설 현장의 철근 더미에는 길이의 가운데에 스프레이가 뿌려져 있는데, 이유는 길이가 6미터 지름이 30밀리나 되는 철근은 엄청 무겁다 이것을 혼자서 용이하게 운반하는 방법은 철근과 하나되어 춤을 추는 것이다. 철근을 끌어당겨서 들면 무게 때문에 주저앉게 된다 스프레이 자국이 있는 곳을 손으로 움켜쥔다 역도 선수처럼 순간에 들어서 어깨 위에 올린다 걷기 전에 먼저 힘차게 앉았다 섰다를 반복하게 되면 철근이 둥실둥실 춤을 추기 시작한다 이때 걷기 시작해야 한다 철근의 춤이 절정에 달하면 쥔 손을 살며시 풀면서 둥실거리는 철근이 위로 올라 달아나지 않도록 손으로 막아주기만 하면 된다. 철근은 실제로 손과 어깨를 왕복하면서 양쪽 끝이 상하 운동을 반복하며 춤을 추게 되는 것이다 철근의 춤에 따라 같이 춤을 추며 이동한다 이렇게 춤을 추면 철근의 무게를 반의 반 정도만 견디면 된다! 나는 어떤 춤 공연에서도 이런 오묘한 춤을 보지 못하였다

그림자

그림자는 세 가지를 증거한다.

내가 유령이 아니라는 사실.

내가 존재한다는 사실.

내가 나라는 사실.

그림자 없는 것들은 모두 허깨비다.

나는 사랑의 그림자를 본 일이 없다.

나는 그리움의 그림자를 본 일이 없다.

나는 희망의 그림자를 보지 못하였다.

그것들은 해와 함께 있지 않는 것.

나 있을 동안의 해와

그림자 있을 동안의 해

해가 만들어주는 그림자는

존재의 춤이다.

최후의 노동시를 쓰는 최후의 시인−인간

김수이(문학평론가)

1.

　낙원구 행복동에 사는 영희는 온종일 팬지꽃 앞에 앉아 줄이 끊어진 기타를 친다. '최후의 시장'에서 사온 낡은 기타다. '최후의 시장'은 낡은 물건들이 최후에 팔려 나가는 '벼룩시장'을 부르는 별칭이다. 조세희의 『난장이가 쏘아 올린 작은 공』(1978)에서 '최후의 시장'은 단지 시장이 아닌 비인간적인 자본주의의 알레고리로 기능하면서, 더 이상 물러설 곳이 없는 생존의 최후 지점에 몰린 철거민−노동자들의 삶을 환유한다. '최후의 시장'은 최후의 생존, 최후의 삶, 최후의 인간적인 존엄 등의 의미를 파생하면서 자본주의 낙원의 '난장이'들이 매 순간 부딪치는 혹독한 삶의 실상을 집약한다. 이 소설에서 아버지 난장이가 척박한 삶을 끝내 자살로 마감한 것은 비관주의나 패배주의적인 발상의 소치이기 전에, 현실을 리얼하게 반영한 결과임을 잊어서는 안 될 것이다.

2.

최종천의 범상치 않은 문제적 시집『인생은 짧고 기계는 영원하다』에 실린 시들은 '최후의 노동시'라고 부르는 것이 온당하겠다. 이 시집을 가장 정확하게 해설할 수 있는 비평가는 분명 최종천 자신일 터인데, 그에 의하면 "이 시집은 아직도 노동해방을 굳게 믿고 있는 노동계급에게 드리는 진혼곡"이며, 인간의 세계가 노동 착취로 인해 곧 사라지게 될 것을 예언하는 묵시록이다. 제목에서 보듯 인생의 유한성을 슬퍼하고 기계의 영원성을 찬양(?)하는 최후의 노동시들은 애초에 "원천 봉쇄되어 있는" 노동해방에 대한 애도시이자, 출구가 없음을 알지 못한 채 노동 착취와 계급 모순 타파를 부르짖어온 근대의 노동시들에 대한 애도시이기도 하다. 그리하여 이 시집이 펼쳐 보이는 것은 노동자가 노동해방의 불가능성을 선포하고, 노동시가 노동시의 무효화를 외치는 미증유의 역사적이며 문학적인 사태다. 최후의 시인−인간에 의해 최초로 쓰인 최후의 노동시들은 인류가 처한 멸종의 위기가 노동 착취에 기인하는 것임을 공개하는 하나의 '사건'

이며, 신의 창조와 인류의 역사가 같은 질서로 구성된 원인인 '노동'이 '착취'의 본질을 갖고 있다는 점을 폭로하는 대형 스캔들이다.

이번 시집을 통하여 내가 말하고자 하는 바는 이 세계는 노동의 착취를 통하여 사라지게 되어 있다는 것이다. 이유는 신의 창조와 진화와 인간의 노동이 단 하나의 논리에 의하기 때문이다. 그렇다. **신의 논리와 자연의 진화와 인간 노동의 논리는 일치한다. 때문에 지금 우리가 겪고 있는 이 세계와 다른 세계가 나타나는 것은 불가능하다.** 이 세계는 이러한 논리에 의하여 나타난 세계이다. 그러므로 노동해방은 원천 봉쇄되어 있다. 이러한 논리를 극복하고 노동해방이 가능한 이론이 있는데, 그것은 노동에 온전히 복종하는 것이다. 오로지 노동만을 하는 것이다. 그러나 이것은 비논리적이다. 우리 인간 자신이 곧 논리다. **따라서 노동해방은 원천 봉쇄되어 있는 세계이다. 우리는 아마도 지구의 마지막을 살고 있을 것이다.**

이 시집은 아직도 노동해방을 굳게 믿고 있는 노동계급에게 드리는 진혼곡이다.

—「시인의 말」중에서(강조 : 인용자)

최종천은 '노동의 착취'(노동=착취)를 통해 세계가 사라지고 있으며, 노동의 종말은 곧 세계의 종말이자 인간의 종말이라고 말한다. 최종천은 노동-인간-세계의 종말을 눈앞에서 바라보며 종말 직전을 살고 있는 '최후의 시인'이자 '최후의 인간'이다. 최종천은 노동-인간-세계의 종말이 필연과 우연, 보편성과 특수성 등의 복잡한 운동 속에서 인류 역사가 다다른 특이점이 아니라, 태초에 신의 일과 인간의 일이 정확히 같은 '논리'로 구성된 데 따른 유일한 귀결점이라고 본다. "신의 논리와 자연의 진화와 인간 노동의 논리는 일치한다." 최종천은 이 비밀 명제를 성경의 창세기와 비트겐슈타인의 『논리철학논고』를 통해 추출하는데, 그 명제의 논리적 결론이 종용하는 것은 '희망의 전면적인 포기'이다. "내가 지금까지 이 세계에 대하여 물어왔던 물음에 대한 대답이 이들 저술에 모두 있다는 것을 알자마자 나는 모든 희망을 포기했다."(시인의 말) 이유는 이러하다. 최종천이 해독한 우주의 질서와 인간의 질서는 '노동 착취에 따른 엔트로피 증가'로 인해 파국으로 치닫고 있기 때문이다. 이제 그 파멸의 스토리를 재구성해보자. 우선, 오해하지 말아야 할 사실이 하나 있다. 최종천은 성경을 신앙의 종교적 관점이 아닌, '노동'에 기반한 우주와 인간의 질서를 명쾌하게 설명한 '최상의 논리'라는 관점에서 접근한다. "굳이 말한다면 창세기는/ 세계가 나타나게 되는 법칙의 기록"(「카오스」)이라는 것이 최종천의 입장이다.

최종천은 성경의 창세기가 인간 노동의 기원에 대한 서사이자, '노동'에서 출발한 인류 역사의 기원에 관한 서사라고 파악한다. 창세기에서 인간의 '노동'은 신의 명령을 어긴 '죄'의 산물이다. "아담에게 이르시되 네가 네 아내의 말을 듣고 내가 네게 먹지 말라 한 나무의 열매를 먹었은즉 땅은 너로 말미암아 저주를 받고 너는 네 평생에 수고하여야 그 소산을 먹으리라. 땅이 네게 가시덤불과 엉겅퀴를 낼 것이라. 네가 먹을 것은 밭의 채소인즉 네가 흙으로 돌아갈 때까지 얼굴에 땀을 흘려야 먹을 것을 먹으리니 네가 그것에서 취함을 입었음이라. 너는 흙이니 흙으로 돌아갈 것이니라 하시니라."(창세기 3장 17~19절) 노동은 인간이 신에게 받은 저주이며 징벌이다. 신성하고 보람 있는 것이 아니라, 비참하고 고통스러운 것이다.

작업복에서 가는 모래가 쏟아지는 때가 있다.
내 살이 본래 모래였다는 듯이
(…)
"땅 또한 너 때문에 저주를 받으리라. 너는 죽도록
고생해야 먹고살리라.
이마에 땀을 흘려야 낟알을 먹으리라."
어디 땅뿐이냐, 공기도 물도 저주를 받았다.
죽도록 일해도 먹고살기가 어렵다.
내 육신이 돌아갈 땅이 저주를 받았으니

정신은 이미 하늘 가득 떠돌고 있고

육체는 노역을 벗어나지 못한다.

모두가 다 노동 때문이다. 죄가 많은 노동이여

노동의 몸이여 모래로 돌아가라

―「작업복과 행주」 부분

사물을 사실로 만드는 것은 노동이다.

이 노동에 의하여

세계는 사실들의 총체이지, 사물들의 총체가 아니다.[*]

사물에 대하여 노동은 필연적으로 나타나게 되어 있다.

[*] 루드비히 비트겐슈타인, 『논리철학논고』 1-1

―「사물과 사실」 부분

노동하는 인간은 "죽도록 일해도 먹고살기가 어렵"기에, "죄가 많은 노동"의 "노역을 벗어나지 못한"다. "육신이 돌아갈 땅"도 "공기도 물도" 함께 "저주를 받"은 까닭에, 노동하는 인간에게 열려 있는 출구는 하나밖에 없다. "노동의 몸이여 모래로 돌아가라". 하지만 다른 한편으로, 노동은 인간으로 하여금 타자와 세계를 인식하게 하고, 인간의 역사를 지배하는 결정적인 동력으로 작용한다. 최종천은 창세기와 비트겐슈타인을 결합해 인간 역사를 움직여온 중요한 원리를 간략히 정리한다. "사물을 사실로 만드는 것은 노동이다. / 이 노동에 의하여/ 세계는 사실들의 총체이지, 사물들의 총체가 아니다." 최종천이 참조하는 비트겐슈타인의 논리철학에서 '사실fact'은 '사건case'과 동일한 개념이다.[1] 이를 발전시켜 최종천은 '사물'을 '사실=사건'으로 만들고, 세계를 "사물들의 총체가 아닌 사실들의 총체"로 만드는 작인作因이 '노동'임을 강조한다. 인간은 낟알을 먹기 위해 땀을 흘려야 하는 존재인 까닭에, 생존을 위한 '노동'은 "사물에 대하여 필연적으로 나타나게 되"며, 이를 통해 인간의 "세계는 사실(사건)들의 총체"로 재구성되어 출현한다는 것이다. 그런데 최종천은 '사실=사건'이 "노동의 착취를 통하여 가능한 것"인 까닭에, 노동과 노동을 통한 인식 행위 자체에 '착취'의 속성이 내재해 있음을 피력한다. "노동의 착취를 통하여 가능한,/ 노동의 그릇에 넘치는 것이 사건이다." "사건이란, 금기를 범하는 것과 다르지 않을 것이다." 따라서 금기를 범하듯이 착취를 통해 생산하면서 세계와 사물의 엔트로피를 증가시키는 "노동은 진화하고 인간은 진화하지 않는

---

1) "The world is all of the fact."와 "The world is all that is the case."는 같은 뜻의 문장으로, "사실이 세계의 전부(총체)이다"를 의미한다. 비트겐슈타인이 말하는 '사건'은 매우 정합적인 것으로, 다른 우연적 계기가 밖에서 들어오거나 그 안의 것이 밖으로 나갈 필요가 없는, 최소한의 것으로 완결된 것이다. 이러한 사건들의 총체가 세계이다. (조중걸, 『언어의 한계는 세계의 한계다 : 비트겐슈타인 논리철학논고 해제 1』, 이야기가있는집, 2017, 16쪽 참조)

다."(「사실과 사건」)

최종천은 한걸음 더 나아간다. "신의 창조가 실은 인간의 노동이다."(「빛보다 빠른 것」) 우주의 질서와 인간의 질서는 '노동'이라는 공통 행위에 의해 같은 '논리'[2]로 전개된다. 「노동의 십자가」 연작에서 최종천은 신의 창조와 인간의 노동, 우주의 질서와 인간의 질서가 동일한 '논리'로 전개되고 있음[3]을 텍스트(성경과 논리철학)와 노동 현장, 인류 역사의 기원부터 종말까지를 넘나들며 논파한다.

우리가 사람을 만들고 그들로 바다의 물고기와 하늘의 새와
가축과 온 땅과 땅에 기는 모든 것을 다스리게 하자 하시고
—창세기 1장 26절

---

2) 여기서 '논리'는 비트겐슈타인이 철학의 과제라고 주장한 "말할 수 있는 것"에 대해서만 말하는 것, 즉 실증적인 사실만을 다루는 체제를 의미한다. 비트겐슈타인은 『논리철학논고』의 4.113에서 철학의 과제를 이야기한다. "철학은 혼란스러운 논란이 많은 자연과학의 영역에 한계를 그어준다. (Philosophy sets limits to the much disputed sphere of natural science." 조중걸의 해석에 의하면, "제일 큰 문제가 이것이다. 실증적인 사실에만 적용되어야 하는 명제를 실증적이지 않은 곳에 들이댄다. 예를 들어 자연과학을 다루는 언어를 신에 대해 사용하고, 윤리와 아름다움, 사랑에 대해 말한다. 철학은 그것에 한계를 긋는다. '이것은 명제가 아니다'라고 선을 긋는 것이다."(조중걸, 『생각하지 마라, 단지 보라 : 비트겐슈타인 논리철학논고 해제 2』, 이야기가있는집, 2018, 92쪽.)

3) 이 대목에서, 최종천이 성경과 같은 반열에 올려놓은 비트겐슈타인의 『논리철학논고』는 현대철학사상 가장 위대하고 난해한 저작으로서 해석이 불가능하다고까지 알려져 있으며, 동시대의 철학자들이 비트겐슈타인의 천재성을 높이 사 그를 '신(神)'이라고 불렀다는 사실은 흥미롭게 다가온다.

신은 무엇 때문에 인간을 창조했을까?

하는 것보다 더 근원적인 물음은

인간에게 자신의 창조 노동을 위임했을까, 하는 것이다.

신 자신이 존재가 되어야 했기 때문이다.

노동은 인간에게 인식을 싹트게 하고

그 인식으로 신을 알아보게 된 것이다.

비로소 신이 존재하게 되었다.

노동은 스스로 알아서 하는 것이다.

스스로의 형상에 질료를 가져오는 창조이다.

스스로 알아서 하는 자유의지와 자기의식에는

창조주 신을 배반하고 독립하는 전제가 깔려 있다.

신이 인간의 자유의지를 허락했다고 하는 것은

신을 배반하고 떠나도록 했다는 것을 의미한다.

그것은 노동을 소외시키고 착취하도록 허락한 것이다.

창조주에게는 다른 방법이 없었다.

왜냐하면 일일이 간섭하고 지시하기 싫으니까,

인간을 위해 직접 노동하는 로봇이 되기 싫으니까,

결론은 이렇다. 신 자신이 노동을 해야 했다.

인간은 노동으로부터 탈출해서는 안 된다.

—「노동의 십자가—인간 창조」 부분

인간이 로봇을 만드는 이유는

노동을 대신하게 하기 위해서이다.

신도 마찬가지로 자신의 노동을 대신하게 하기 위해

인간을 창조한 것이다.

"우리의 형상을 따라 우리의 모양대로 사람을 만들고"

신의 형상이란 창조하는 정신이며 그 모양은 노동하는 질료
의 것이다.

노동은 대상에 대한 인식을 형성한다.

대상 인식은 곧 자기의식으로 된다.

자기의식으로 말미암아 인간은

신을 신으로 인식하고 신으로부터 독립하게 된다.

이로부터 나오는 결론은 분명하다.

인간의 로봇 창조도 궁극에 가서는

인간과 같이 자기의식을 가지게 하는 것이다.

자기의식이 있어야 노동을 수행할 수가 있는 것이다.

그렇게 되면 인간이 신을 배척하는 것과 똑같이

로봇은 인간을 배척할 것이다.

지금 인간은 노동을 통하여 신을 지배하고 있다.

똑같은 이치로 로봇이 인간을 지배할 것이다.

헤겔의 주인과 노예의 변증법의 진실이 이것이다.

—「노동의 십자가—주인과 노예의 변증법」 전문

신이 인간에게 내린 '노동의 형벌'("이마에 땀을 흘려야 낟알을 먹으리라")은 신과 인간 사이에 노동의 전가/착취 관계가 성립됨을 뜻한다. 과정은 이렇다. 신은 인간에게 창조 노동을 위임했다. 인간은 신의 명령에 따라 노동하고 노동을 통해 신을 인식한다. 이로써 신은 "비로소 존재하게 되"고 인간을 위해 노동하는 수고를 덜었다. 그 대신, 신의 대리 노동자인 인간은 노동에서 탈출할 수 없다. 더욱이 인간에게 노동은 모순에 찬 행위다. 노동은 인간이 신에게 받은 자유의지와 창조 능력을 발휘하는 '주인'의 일이자, 자유의지에 따라 신을 배반하고 떠남으로써 신에게(더불어 인간에게) 소외당하고 착취당하는 '노예'의 일이다. 최종천은, "노동은 스스로 알아서 하는" "창조" 행위이기에, 신이 인간에게 자유의지를 허락했다는 것은 "신을 배반하고 떠나도록 하"고 "노동을 소외시키고 착취하도록 허락한 것"이라고 설명한다. 이 단계에 이어, 헤겔이 '주인과 노예의 변증법'이라고 명명한 역사적 반전이 일어난다. 주인과 노예의 종속 관계는 노예의 각성을 통해 역전되는바, 최종천은 인간 역사의 현 단계를 다음과 같이 요약한다. 노동을 통해 대상(신)을 인식하고 자기를 인식한 결과, "지금 인간은 노동을 통하여 신을 지배하고 있다".

　문제는 주인과 노예의 변증법이 신과 인간을 넘어 인간과 인간, 인간과 기계 사이에도 그대로 적용된다는 데 있다. 신에게 노동을 강제 할당받은 인간은 자기 몫의 노동을 다른 인간들에게 전가했다. 인간과 인간 사이의 소외와 착취 관계는 반복 재생산되면서 견고해졌다. 착취와 소외의 구조에 갇혀 타인의 노동까지 부당하게 해온 이들이 바로 '노동계급'이다. 최종천은 '노동계급'이란 후련하게 벗어버려야 할 억울한 "누명"이라고 냉소적으로 일갈한다. "노동계급이란, 계급도 직업도 아니다. / 개평거리요 안줏거리요 희생양일 뿐이다. / 노동계급은 하나의 누명이다. / 마스크에 보안경에 안전모와 작업복/ 이 누명을 벗어버리자."(「마스크에 보안경에 귀마개에」) 노동계급이 참담한 '누명'인 것은 자본주의가 만들어놓은 직업(?)의 위계질서에서도 고스란히 드러난다. "사실 노동계급은 자본주의의 자식이 아니다. / 쓰리꾼, 조폭, 제비족, 사기꾼, 건달,/ 이들은 자본주의가 낳은 자식으로/ 사회에서 노동자보다 더 인정받는다. / (…) / 자본주의는 노동계급이 낳은 자식이다."(「노동의 십자가―복직 투쟁」) 바꾸어 말하면, 현대의 인간은 "노동이 닦아놓은 길 위에서" "노동으로부터 도망치고 있"으며, 현대 문명은 "노동을 피해 / 방황하는 문명"에 불과하다. (「노동의 종말」) 노동계급의 참

패는 사회구조적 모순에 기인하는 것이기에 앞서, 노동 자체에 내재된 '착취'와 노동을 '기피'하고자 하는 인간적인 본성에 뿌리를 두고 있는 것이다.

　노동의 종말은 노동하는 인간과 인류의 종말로 귀결된다. 이것이 현재 진행 중인 노동의 제3차 전가/착취의 사태다. 최종천이 보기에 인류 역사의 모순을 악화시켜온 2차 전가와 달리, 3차 전가는 인류를 파멸하게 한다. 노동은 애초에 신이 인간에게 전가했고(창세기, 제1차), 소수의 인간들이 다시 다수의 인간들(노동계급)에게 전가했으며(현재까지 인간의 역사, 제2차), 현 단계는 소수의 인간들이 노동계급의 동의 없이 다시 로봇/기계에게 전가하고 있는 것으로(현재 이후 인간의 역사, 제3차), '창조'와 '진화'와 '멸망'의 도화선 역할을 한다. 최종천은 신-인간, 인간－인간, 인간－기계로 이어지는 '노동의 전가/착취 구조'가 정확히 상동相同의 유비 관계를 형성하고 있다고 본다. 신이 자신의 형상을 따라 인간을 만들었듯이 인간은 자신의 형상을 따라 로봇을 만들었다. 신이 인간에게 창조 노동을 위임했듯이 인간은 노동계급에 이어 로봇에게 창조 노동을 위임하고 있다. 인간이 지금 노동을 통해 신을 지배하고 있듯이, "똑같은 이치로 로봇이 인간을 지배할 것"은 불을 보듯 명확한 귀결이다. 이것이 '노동'을 매개로 한 '창조'와 '진화'의 공통 원리이다. 노동은 노동하는 자를 주체로 만들기에, 즉 주인(대상)에 대해 독립적인 자기 결정과 행위 능력을 갖도록 하기에, 노동하는 자는 노동을 명령한 자를 배반하고 부정할 수밖에 없다. 창조한 자와 창조된 자 사이에 사후적으로 형성되는 이러한 변증법적 관계를, 최종천은 '대상'과 '메타'라는 말로 설명한다. 최종천은 신의 창조, 자연의 진화, 인간의 역사가 '대상'으로부터 출현해 '대상'을 넘어 '메타'가 되는 동일한 원리에 의해 전개된다고 본다. (이 중 자연의 진화는 번식 행위 자체가 대상에 대한 메타가 되는 과정이라는 점에서 신의 창조 및 인간의 노동과는 조금 다른 특징을 갖는다. 이에 대해서는 이 시집에서 상세히 다루고 있지 않으므로 논외로 한다.)

창조된 자, 곧 노동자는 자신의 기원을 대상화하고 그에 대한 메타가 됨으로써 변증법적 지양과 초월의 상태에 이른다. "굳이 말하자면 인간은 신의/ 버전업, 메타이고 신은 대상이다."(「286과 386」) "인간은 신이 감당할 수 있는 존재가 아니다. / (…) / 무한히 진화하는 인간이야말로/ 전지전능한 존재이다. 인간도 신처럼/ 자신이 감당 못 할 것을 만들면서/ 자신을 부정하고 있는 것이리라."(「부분이 전체를 포괄한다」)

그러나 노동은 진화하게 되어 있는 것이다.

기계는 인간을 대상화하여 만든 인간의 메타이다.

대상과 메타의 관계에서 대상은 부분이며

메타가 전체라고 한다.

사실 노동은 기계의 심부름을 하는 것이 전부다.

노동을 하면 할수록 자본은 불어난다.

인간의 노동은 사람이 아닌 자본을 반복하고 있는 것이다.

자본을 제곱하는 노동이 사람을 제곱할 수는 없다.

대상화―메타의 출현, 이는 진화와 창조에 개입된

어길 수 없는 법칙이다.

세계가 어떻게 있느냐가 신비스러운 것이 아니라,

세계가 있다는 것이 신비스러운 것이다.*

그러나 나는 그마저도 신비롭지가 않다.

이 세계가 어떻게 사라질 것인지를 알기에.

* 루드비히 비트겐슈타인, 『논리철학논고』 6-44.

―「제곱이란 무엇인가?」 부분

최종천은 자신이 바로 신을 부정하고 죽음에 이르게 한 당사자라고 말한다. 창조된 자가 자신을 창조한 자에게 반역하는 장면은 비극과 희극이 뒤섞여 불온하면서도 우스꽝스러운 광경을 연출한다.

신이 자신의 형상에 따라 인간을 창조했다고 하는 경우에는, 조건이 달라붙는다.

그 조건이란 이 시를 쓴 바로 나다.
이미 오래전에 공장에서 기계를 조립하다가
나선이 망가진 볼트가 있어 던져버렸다.
신은 그 볼트에 맞아 죽어버렸다.

— 「망가진 볼트를 추모하는 시」 부분

　"대상화−메타의 출현"이라는 "진화와 창조에 개입된 어길 수 없는 법칙"으로 인해 인간이 신을 죽였듯이, 인간 역시 자신이 만든 로봇/기계에 의해 사라질 위기에 처해 있다. 신은 죽었고, 인간이 노동으로 파괴한 지구는 죽음 직전에 있으며, 죽어가는 지구 위에서 인류는 "죄가 많은 노동"을 멈추지 않고 멸망을 향해 질주하고 있다. 흥미로운 사실은 이런 상황에서도 '천국'이 가진 자들에게는 열려 있다는 점이다. 낙타가 바늘구멍을 통과하듯이, "착취하여 부를 축적한 자들은 우주선을 타고/ 부글부글 끓기 직전의 지구를 탈출할 수 있다. / 지구를 탈출하여 천국에 들어가는 것이다."(「바늘구멍」) 반면, 다수의 노동자들은 고무처럼 단단해져 썩지 않는 살을 가진 망가니스트가 되거나, 기계의 영혼을 마시며 기계에 합체된다. "휴머니즘과 리얼리즘을" 통과해 "이제 인류는 망가니즘을 경험하게 될 것이다. / 적어도 망간주의는 진리에 중독되는 것보다/ 희망에 기만당하는 것보다는 좋을 것이다. / (…) / 나의 살이 고무처럼 단단해지며/ 나의 살은 썩지 않는다. / (…) / 수많은 망가니스트가 탄생하리라!/ 인류의 미래는 망간주의이다."(「Manganism」)[4]

나는 인간이 아니라 가축이다

나는 자본가들의 영양이 풍부한 횟감이며

안줏거리이다. 임금賃金으로 사육되는 인간은,

가축 다음으로 출현한 기계, 노예보다 더

극적인 기계, 기계다운 기계는 선반, 밀링, 드릴,

나는 그들과 함께 사육된다.

나는 화장장으로 가고

선반, 밀링, 드릴은 용광로로 간다.

나는 연기를 통하여 소모되리라.

기계는 연기를 통하여 환생할 것이다.

모든 인간은 사육되고 있다.

기계의 호흡은 매연을 만든다.

기계의 영혼을 마시는 자여

---

4) 이 시에는 '망간중독'에 대한 주석이 달려 있다. "＊망간중독 : CO₂용접을 닫힌 공간에서 오래 하게 되면 걸리는 병으로 뇌신경이 마비되고 인간의 살이 고무처럼 되어 죽어도 부패가 느리게 진행된다. 한국에서는 2회 정도 보고되었다."

인생은 짧고 기계는 영원하다

—「기계는 영원하다」 전문

"인생은 짧고 기계는 영원하다." 이 시가 전달하는 강렬한 메시지는 영화 〈설국열차〉의 '엔진 신神'을 떠올리게 한다. '예술'을 대신해 '기계'는 이제 인류의 지고한 가치와 미학과 권능이 되었다. 그러니 '영혼'은 인간의 것이 아니라 기계의 것이다. 기계는 "연기를 통하여" 끊임없이 "환생"하고, 인간은 "연기를 통하여" 마지막까지 "소모"된다. 인간은 기계가 사육하는 가축이며, 기계가 소모하는 원료이고 연료이다. '노동'을 기계에게 전가하고 기계를 착취해온 인간은 이미 기계에 착취당하면서 멸종해가고 있다.

이와 같이 최종천은 노동하는 인간/인류가 다다르게 될 '파멸'의 비극적인 묵시록을 작성한다. 최종천이 성경과 비트겐슈타인을 바탕으로 구축한 '인류 역사의 일방향성에 관한 논리(노동 착취로 인한 파멸)'는 단순하고 확고한 반면, 이견을 불러올 소지도 있다. 특히 기독교의 관점에서는 불경한 주장으로 받아들이기 쉬울 것이다. 최종천이 성경을 '종교'의 경전이 아닌, 우주의 질서와 인간 역사의 방향성을 관통하는 '논리'의 결정체로 본다는 점을 강조해도 결과는 별로 달라지지 않을 것이다. 기독교는 이런 접근 방법 자체를 불허하기 때문이다. 그런데 시 「용접바가지」는 최종천이 '논

리'로 접근한 기독교와 유일신 종교인 기독교, 노동자의 해
방과 기독교의 구원이 미묘하게 겹쳐지는 드라마틱한 풍경
을 펼쳐 보인다.

신을 만나기 위해 예수라는 반투명의 존재가 있듯
눈으로 태양을 보고자 한다면 반투명의 유리가 필요하다.
용접의 최고 온도는 5000도로서 태양의 온도와 큰 차이가
없다.
나는 가끔 용접을 하다가 말고
바가지를 쓰고 하늘의 태양을 보곤 한다.
용접을 맨눈으로 보았다가는 눈이 멀어버린다.
신을 예수를 통하여 만나야 하는 이유가 바로 그것이다.
이 반투명의 유리는 그러니까
머나먼 형이상학적 시간과 공간인 셈이다.
그 원리는 십자가와 같은 것
존재가 존재를 건너가 존재를 만난다.
물인가 하면 불이고
불인가 하면 물인 용접
물이 불을 건너가고 불이 물을 건너간다.
그 뜨거운 심연을 나는 나의 얼굴을 가리고 본다.
노동계급은 예수의 십자가를 지고 있는 것이다.
　　　　　　　　　　　　　　　—「용접바가지」 전문

최종천은 신과 인간 사이에 "예수"가 필요한 이유를, 자신의 생계인 용접 노동의 원리 속에서 발견한다. 인간이 "신을 만나기 위해 예수라는 반투명의 존재가 있어야 하듯이", 태양에 버금가는 5000도의 용접 온도를 견디기 위해서는 용접 바가지의 "반투명의 유리"가 필요하다는 것이다. "반투명의 유리"(존재)는 "존재가 존재를 건너가 존재를 만나"게 한다는 점에서 "십자가와 같은" 기능을 한다. 최종천은 용접 노동에 없어서는 안 될 "반투명의 유리"에서, 인간이 신을 만나기 위한 과정이며 매개체인 "머나먼 형이상학적 시간과 공간"과, "십자가", "예수"의 역할을 읽어낸다. 최종천은 노동이 물과 불이 부딪치는 "뜨거운 심연"을 "반투명의 유리"를 통해 가까스로 보고 견디는 일이며, 따라서 "노동계급은 예수의 십자가를 지고 있는 것"이라는 결론에 이른다. 노동계급의 노동을 예수의 십자가에 유비하는 발상이 전혀 새로운 것이 아님은 물론이다. 그러나 이 유비를 용접바가지의 "반투명의 유리"에서 구체적으로 발견하는 노동자의 직관은 예사로운 것이 아니다. 이 시는 노동 현장의 가쁜 숨결과 철학적인 통찰, 종교적인 비전이 어우러져 아름답고 깊이 있는 세계를 빚어내고 있다.

지금까지 살펴본 것처럼, 최종천이 이 시집에서 공들여 서술하는 것은 노동이 초래할 인류 파멸의 논리적인 서사이다.

그런데 노동계급의 노동과 예수의 십자가가 유비, 교차하는 지점에서, 최종천은 노동 행위의 필수 조건인 "인식의 빛"에 주목하면서 노동하는 인간의 미학적이며 윤리적인 버전을 함께 서술한다. 최종천에게 '창조'와 '노동'은 같은 행위로, 하나님의 창조와 시인의 창작, 노동자의 생산은 동일한 원리를 갖는다. 노동자가 출근해 공장의 문을 열고 도면을 읽기 위해 불을 켜는 것처럼 신도 빛을 먼저 창조해야 했고, 시인은 "자신의 머릿속에서 소용돌이치는 생각들의/ 어느 한 가지를 문득 꺼내 처음 한 행의 시를 써"(「빅뱅」)야 한다. 어둠과 혼돈의 카오스를 가르며 우주를 출현시키는 '빅뱅'의 전제 조건은 "인식의 빛"이다. 인식과 빅뱅은 동시에 일어나는 하나의 사건이다. "무엇을 인식한다는 것은 빅뱅이다."(「빛의 직진성」)

하나님은 왜 빛을 먼저 창조해야 했던가?

노동자들도 출근하여 먼저 공장의 문을 열고 전원부터 올린다.

도면을 읽어야 하기 때문이다.

그 빛은 형상을 인식하는 인식의 빛이다.

—「오늘의 詩法」부분

시인이 자신의 머릿속에서 소용돌이치는 생각들의

어느 한 가지를 문득 꺼내 처음 한 행의 시를 쓰는 것과 같다.
사람이 자식을 낳는 일도 제 몸을 나누어 내는 것이요,
사과 씨에서 나무가 나오고 열매가 달리는 것도 빅뱅이다.

빅뱅은 우주 발생 초기에 있었던
일회적인 사건이 아니라,
지금 현재 창조의 과정에 개입되어 있는 원리가 아닐까?
생산 현장에서 하는 일은 그 창조의 과정을
따를 수밖에는 없는 것이다. 이는 명백하다.

—「빅뱅」 부분

　최종천은 인식=빅뱅이 우주가 발생할 때의 일회적인 사건
이 아니라, 인간의 노동 과정에서 계속 구현되는 삶의 원리
라고 생각한다. 노동(신의 창조, 예술가의 창작, 노동자의 생산)
에 수반되는 '인식'을 최종천이 "인식의 빛"으로 표현하는 이
유는 분명해 보인다. '인식'은 '노동'을 (피)착취와 다른 것이
되게 하고, 고통스러운 노역을 예술로 승화하게 하며, 파멸
의 길에 갇힌 노동자의 존재에 균열을 가한다. 노동자들은
이러한 '인식'을 몸의 감각으로 체득하고 있으며, 삶에서 얻
은 비판적인 각성으로 내면화하고 있다. 노동자들은 오랜
노동을 통해 노동의 기술−예술의 경지에 이르러 있고, 평생
을 노동에 시달린 끝에 삶과 노동에 대한 근본적인 질문에

도달한다. 가령, 하늘 높이 "밤나무에 오르는 기분으로/ H 빔을 올라"타고(「빔 나무」), 길이 6미터 지름 30밀리의 철근을 혼자 들고 "오묘한 춤"을 추듯이 나르는(「춤을 추다」) 노동자들은 노동을 하는 것이라기보다는 "존재의 춤"(「그림자」)을 추고 있는 것이다. "—니미럴, 아니 인생을, 꼭/ 노동만 해 먹고살라는 법이라도 있어/ 다른 일도 널렸는데"(「노동의 십자가—복직 투쟁」)라며 걸쭉하게 항변하는 노동자는 '노동'이 인간의 삶에 필수적인 것인가를 물으며, 노동에 기반한 인간 역사의 전개 원리를 심문한다. 사실 노동은 인간의 본성에 적잖이 위배되는 것이다. 유한한 삶을 살아가는 불완전한 존재인 인간은 노동의 본성을 지닌 존재라기보다는 놀이와 예술의 본성을 지닌 존재이다. "예술은 허구이기 때문에 실수와 실패를 즐길 수 있으나/ 노동은 질료인 실체를 다루기 때문에/ 실수와 실패가 용납되지 못한다./ 인간이 노동에 몰두하지 못하는 이유이다."(「노동의 십자가—현악사중주」)

이 시집의 수작들은 주로 최종천이 자신의 내밀한 심정을 노래하는 서정적인 시편들과, 그가 노동 현장에서 얻은 '인식'이 특유의 감각적인 언어로 형상화된 시편들에서 발견된다. 「무단 주거」「과일들」「민들레역」「나무를 위하여」 등은 전자에, 「ㄹ,」「나사 5」 등은 후자에 속한다.

나는, 나라는 빈집 앞을 지나가다가

물이 마시고 싶거나 소변을 누고 싶어

우연히 들어왔을 것이다

아니면 단순히 그저 바람이 찼기 때문에

비가 세차게 내리고 있었기 때문에

그냥 눌러앉게 되었을 것이다

—「무단 주거」 부분

감 하나를 따려고 막 손을 뻗치는 참입니다.

따지도 않았는데 손에는 중량이 맺힙니다.

어젯밤이나 다른 때에

이 골목에서 부끄러운 일이라도 있었던 듯

과일들은 얼굴 가득히 부끄러움을 켜고 있고

그 빛이 반사하여,

내 얼굴이 어느 만큼은 환해집니다.

과일을 따는 일은 그만두고

내 얼굴에 열린 욕심을 따 내립니다.

—「과일들」 부분

봄을 실감하려면 싹이 트는

언덕보다 스프링을 만드는 공장에 가보시라!

끓는 쇳물이 통로를 따라 이동하여

가느다랗고 구불구불한 관을 통과한다.

그 관을 통과하면서 쇳물은 식어 굳어진다.

그리고 쇳물은 이제 새싹이 되어 밖으로 솟아 나오는데

그걸 나물 캐듯이 날이 왔다 갔다 하면서

잘라내는 거야, 이게 스프링이다.

더구나 환장할 일은

어떤 공장에 가면 스프링이 담기는 그릇으로

네모진 박스가 아니라 나물바구니를 사용한다는 사실이다.

(…)

삶에는 열림과 닫힘이, 탄생과 죽음이 같이한다.

ㄹ, 하고 열어놓은 인생은 언젠가

ㅁ, 하고 닫히는 것이다.

—「ㄹ,」 부분

'나'는 "나라는 빈집 앞을 지나가다가" 우연히 들어와 무단 주거하고 있는 존재라는 자성, 감 하나를 따려고 막 뻗치는 손에 이미 맺히는 "중량"과 과일들이 얼굴 가득 켠 부끄러운 빛이 내 얼굴에 환하게 반사되는 전율, 공장의 "스프링"은 영어로 '봄spring'과 같은 말로, 봄에 나물을 캐듯이 "끓는 쇳물"의 식은 "새싹"을 잘라 나물바구니에 담는 점에서 "환장할" 닮은꼴이라는 발견 등은 최종천의 삶에서 "인식의 빛"이 어떻게 반짝거리고 있는가를 생생히 보여준다. 최종천은 노동에 대한 통찰과 존재에 대한 통찰, 삶과 죽음의 섭리에 대한 통찰을 하나로 연결한다. 그러나 인간의 삶과 인류 역사의 결말을 '닫힘'으로 상정하는 점에서 그는 지금 대단히 완강하다. 최종천은 "인식의 빛"을 통해 파멸과 죽음을 향해 가는 역사적 흐름 속에서도 뜻하지 않은 순간들에 환히 켜지는 개인적인 각성의 순간을 맞이하지만, 같은 인식의 빛을 통해 이미 돌이킬 수 없는 인류 역사의 결말을 끝내 예견하고야 만다. "이 지상에 아직 평화가 있는가? 사랑이 있는가? 그렇다면 겨우겨우 사는 사람들, 조촐한 사람들이 만들어내는 것이다. 그들이 광합성을 하고 있다." 최종천이 이전에 썼고, 20세기에 쓰인 노동시들이 여기까지를 이야기했다면, 지금 최종천은 한 문장을 더 추가한다. "인간은 그들을 겨우살이 삶아 마시듯 먹고 있다."(「겨우살이」) 최종천이 생각하는, 인류의 현재와 미래의 전망이 이 한 줄에 녹아 있다.

3.

노동함으로써 멸망해가는 인류의 운명을 그린 최종천의 '최후의 노동시'들은 난해한 철학서를 대하는 곤혹스러움과, 노동과 영성, 사람의 온기가 어우러진 아름다운 서정시를 마주하는 즐거움, 노동 현장의 긴박한 체험과 그 속에 배인

피땀을 실감하게 하는 숙연함 등을 풍성하게 전해준다. 특히 가장 전자의 시들, 한국시의 어법과 미학적 전통에서 호기롭게 벗어나 있는 시들은 당혹감을 불러일으킬 법한데, 최종천은 호기로운 대답을 미리 준비해두기까지 했다. "어떤 배운 놈이 이 시를 읽고/ 어? 이게 아닌데! 할 것이다./ 이 멍청한 놈아, 이건 시가 아니냐?"(「일─과, 다多」)

최종천의 '최후의 노동시'들은 인식과 노동, 놀이, 예술의 경계를 허물면서, 인간의 노동을 통해 신과 세계를 통찰하는 일을 한다. 그리하여 시란 무엇인가에 대한 기존의 관념을 흔들고, 노동시의 역할에 대한 기존의 믿음을 흔들며, 로봇/기계를 만들어 인간의 한계와 노동 착취의 구조에서 해방되기를 꿈꾸는 인간의 순진한(?) 희망을 흔든다. 최후의 시장에서 사고팔릴 최후의 물건은 '인간'이라는 것, 그 구매자는 이미 영원한 존재의 반열에 오른 '기계'라는 것. 최후의 노동시를 쓰는 시인─인간 최종천의 완전한 절망 혹은 예언을 부정하기 위해서는 얼마나 긴 이야기와 근본적인 변화들이 필요한 것인지. 그것도 지금 당장! 최종천이 거우 한 문장으로 요약한 인간의 삶과 역사의 아주 가까운 미래에 대해. "인생은 짧고 기계는 영원하다."